맨발의 겐 2

역자 **김송이**
1946년 일본 오사카에서 태어난 제일 한국인 2세. 중학교까지 일본 학교를 다니다가 고등학교와 대학교에서 민족교육을 받았다. 졸업 후 모교인 조선고등학교에서 1996년까지 교편을 잡았고, 현재 통역과 번역을 하면서 도오시샤대학을 비롯한 일본 학교에서 강사로 일한다.

역자 **이종욱**
1966년 전라남도 광주 출생. 전남대 일어일문학과와 오사카 간사이대학 대학원을 졸업했다.

맨발의 겐 2
나카자와 케이지 지음·김송이, 이종욱 옮김

1판 1쇄 펴낸날 2000년 8월 25일 | **1판 18쇄 펴낸날** 2021년 5월 14일 | **펴낸이** 이충호 조경숙 | **펴낸곳** 길벗어린이(주)
등록번호 제10-1227호 | **등록일자** 1995년 11월 6일 | **주소** 04000 서울시 마포구 월드컵북로 45 에스디타워비엔씨 2F
대표전화 02-6353-3700 | **팩스** 02-6353-3702 | **홈페이지** www.gilbutkid.co.kr
편집 송지현 최미라 임하나 이현성 황설경 | **디자인** 김연수 송윤정
마케팅 호종민 김서연 황혜민 이가윤 강경선 | **총무·제작** 임희영 김정숙 박새별
ISBN 978-89-5582-508-4 04830, 978-89-5582-507-7 (세트)

맨발의 겐 2

나카자와 케이지 글·그림
김송이 · 이종욱 옮김

아름드리미디어

끄
윽…

아악—
여…
여보—

아
빠
아—

쿠
—
웅

엄마—
가요,
어서요!

후후후…
아빠가 불에 타…
에이코가 불에 타…
신지도 타네.

하하하하 하하하,
탄다, 탄다,
모두가 탄다—

엄
마
—
아

하하하
하하하
하하

우아앙—
엄마 왜
그래요—

하하
하하

엄마,
가요,
가자구요.

누구 좀
도와줘
요—

하하하
하하하

으아—앙,
엄마—아,
정신차려
요—오—

하하하,
하하하…

둘 다 뭐 해?
불이 이렇게
번지는데.

앗,
아저씨.

오오, 겐하
고 아줌마
구나.

아저씨, 엄마 좀
도와줘요! 엄마가
제정신이 아니
에요.

아줌마,
정신차
리세요

놔요 놔— 난 죽을 거야.
아빠랑 에이코랑 신지랑
함께 죽는다구—

에잇!
안 되겠다.
영차!

놔
요—

겐,
빨리
왓.

여보—
에이코—
신지—

누구 좀 도와줘—
여기서 빼줘. 도와줘—
여기서 빼줘. 제발!

도와
줘요—

제발—

사람
살려—
어—

으악.

으악—
살려줘—
살려줘—

제발—

하악
하악

나무아미타불
나무아미타불

살려
줘—

살려줘
요—

우아—
악, 뜨거,
도와줘—

강으로
뛰어들엇.

우—

우—

으으윽...
엄마—아—

통나무를 꽉 붙들어.
놓치면 안돼.

으악—양쪽 둑
위까지 불이 붙었어.
바다까지 안 가면
살아남지 못해—

선생님, 안 되겠어요! 화상으로 근육이 오그라들어서… 손발을 움직일 수가 없어요…

그래도 힘껏 헤엄쳐야 해.

함께 큰소리로 노래를 해보자.

우리는 ♬ 바다의 아들 흰 물결 파도쳐 설레는 해변가의 소나무 숲에~♪

부글 부글

부글 부글

요시다— 마추카와— 오오노—

나추카와, 가와타—

불은 불을 당기고 불길을 끌어올려 당시 약 40만 명이나 되던 히로시마의 시민들과 집들을 모조리 태워버렸다…

여기까지 왔으니 이젠 걱정 없어. 전 아버질 찾으러 가야겠어요.

박씨, 고마워요…

아줌마, 정신이 도로 돌아와서 다행이군요… 어떻게 되는 건 아닌지 정말 걱정했어요.

……
……

엄마, 이제 부터 어떡 하지…?

……
……

아악ㅡ

으으윽… 아, 아파…

왜 그래, 엄마…?

아…아파! 지, 진통이 시작됐어~

게… 겐, 애가 나오려고…

아니, 아기요?!

10

으으으… 게 겐, 빠 빨리 산파를 불러와.

으…응! 알았어요.

산파니 임～～ 산파니 임～～

산파님 안 계세요～～ 엄마가 애를 낳으려 해요. 도와주세요—오.

산파님— 산파님—

아줌마, 우리 엄마 아기 낳는 것 좀 도와줘요!

지금 그럴 형편이 못돼.

산파님—

산파님—

우리 엄마가 애를 낳으려고 해요. 산파님— 도와주세요—오.

누구 좀 도와줘요—오.

물—

물 줘—

우우—

사… 산파가 없어— 어떡하면 좋아…

으으 윽… 끄으 윽…

엄마—아, 산파가 없어요.

으으윽, 아이고 배야…으 으으…

으으으… 그럴 만도 하지. 이렇게 아수라장이니…

어떡하면 좋죠?

겐, 네가 애를 받아야겠다…

네에? 전 못해요.

하아 하아, 엄마가 시키는 대로 하면 돼.

이 근처 집에 가서 이불하고 양동이, 천 조각을 많이 가져와…

으으으… 양동이에다 물을 가득 채워 와. 가위도 가져오구.

가위는 어디 쓰려고요?

아기가 엄마 몸에서 영양을 받던 탯줄을 자르는데 써. 자아, 빨리.

허헉

으악——
이 사람은 나무
에 머릴 찔려서
죽었어!

미안해요.
우리 엄마가
급해요. 좀
빌릴게요.

허억 허억,
엄마, 가져
왔어요.

끄으윽…
으윽…

엄마, 빨리
여기 누워요.

끄아
악…

엄마—아,
정신
차려요.

하아
하아

겐, 이제 네 동생이 태어날 거야.
넌 형답게… 의젓해야 한다…

으…
응!

13

으아
악─

엄마,
힘내
요.

엄마,
힘내
세요.

아아
아... 아
아악.

하악
하악

나, 나
왔어.

아기가
태어났
어.

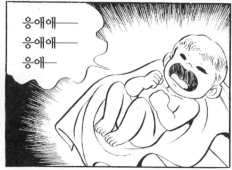
응애애─
응애애─
응애─

하아 하아, 아기 머리를 살짝
받쳐들고 물로 몸을 씻어.

예.

히히히, 여자애네.
내 여동생... 요놈
원숭이같이
생겼어요.

14

이히히히… 내가 널 이 세상에 태어나게 했어.

오빠, 장하지? 오빠가 오늘 일을 기억해 놨다가 너가 크면 다 말해줄게.

그래, 어서 빨리 커라, 그래야 내가 놀아주지.

응애— 응애—

이야아— 아빠아— 누나아— 신지야— 이걸 봐— 태어났어. 우리 여동생이 태어났어—

이렇게 튼튼 해~~

으으윽… 튼… 튼튼해요

으아―앙

으아―앙, 이제 아빠도 누나도 신지도 이 앨 못 봐. 볼 수가 없어!

으아―앙 으아―앙

15

겐, 아기를
이리 다오.

훌쩍
훌쩍…
으응…

자, 아가야 똑똑히 봐둬라. 아빠와
언니, 오빠 죽인 전쟁의 참상을…

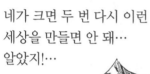

네가 크면 두 번 다시 이런
세상을 만들면 안 돼…
알았지!…

응애애—
응애애—

으으
윽…

물—

엄마, 도망 온 사람들
은 모두 살이 녹아서
흐물거려.

이건 보통
폭탄이
아니야.

돌격— 돌격—
나는 육군대장
이다. 돌격하
라—

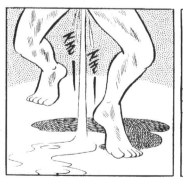

돌격—
돌격—

뭐야, 저
아저씨 정신
이 이상하
잖아…

아, 아 줌마…

왜 그 러니?

전 제일여자고등학교 1학년 5반 오오카와 세츠코예요. 우리 엄마 아빠가 살아 계시면 딸이 여기서 죽었다고 전해주세요.

무슨 말을! 힘내요!

아버진… 오오카와 히로키치 어머닌 미요…

하아 하아, 엄마가 보고 싶어… 아빠도 보고 싶어…

누나, 정신 차려요.

주… 죽 었어…

불쌍도 하지… 겐, 시신을 묻어주렴.

으윽… 아파 죽겠어— 죽여줘—

물— 물 줘—

ㅇㅇㅇ, 물— 물을 줘.

겐, 벌써 저렇게 많은 시체더미가 곳곳에 쌓이다니… 대체 얼마나 많은 사람들이 죽었을까… 히로시마가 생지옥이 됐어.

썩는 냄새 때문에 구역질이 나요.

의사도 없고 약도 없고… 살리려 해도 도리가 없구나.

미국놈들이 굉장한 폭탄을 떨어뜨린 거예요.

우린 하늘이 도운 거야.

엄만 어떻게 살 수 있었죠?

이층 난간에서 빨래를 널고 있다가 그대로 날아가서 살았단다.

이층의 추녀가 빛을 막아준 것 같다…

아빠와 에이코, 신지는 집안에 있다가 깔려서…

그때 동장하고 류키치가 도와줬더라면 살릴 수 있었을 텐데… 어디 두고 봐… 나는 자기들을 살려줬는데…

겐, 너는 어떻게 괜찮았니?

학교 콘크리트 벽이 빛을 막아 주었어요.

제 앞에 서 있던 아줌만 빛을 바로 받고 화상을 입어서 죽었어요…

끔찍했어, 그 빛은…

겐, 머리에 화상을 입었구나.

아아, 그랬구나. 머리가 어쩐지 얼얼하다 했더니.

엄마, 이제부터 어떡하죠?

고오지가 돌아올지도 모르니까 당분간 여기서 기다려 보자.

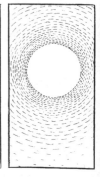

불길이 꺼지지 않고 시체와 신음소리만이 히로시마를 뒤덮고 있던 그때… 미국은 히로시마 시의 파괴가 원자폭탄에 의한 것이라고 발표하면서 일본의 무조건 항복을 재촉했다! 하지만…

전쟁지도부는 이 사실을 알고 국민의 불만이 무서워 계속 피상황을 숨겼다… 그러면서 전쟁 계속한다는 말만 앵무새처 되풀이했다·

일본이 전쟁을 그만둘
의사가 없음을 확인한
미국은 '뚱뚱보'라 불리는
두 번째 원자폭탄을 3일 후인
8월 9일 오전 11시 5분에
나가사키 시에 투하했다

나가사키 시에서도
히로시마와 마찬가지로
몇 십만 명의 사람들이
고통스러워하며
죽어갔다…

쿠르르르릉

세상일이 다 그렇지만
한줌도 안 되는 권력자들
때문에 전쟁에서 희생되는
것은 이름 없고 힘없는
국민들뿐이었다…!

괴로
워—

물～
물 줘～

물을 주세
요—오.

21

같은 날인 8월 9일, 소련은 일본과
싸우지 않기로 한 불가침조약을
일방적으로 파기하고 일본 관동군에
대한 공격을 시작했다.

일본의 전쟁지도자들은 원폭의
공포와 소련군의 참전에 당황했다…
이리하여 사면초가 신세가 된 일본은
드디어 무조건 항복으로 전쟁을
종결하기 위해 부랴부랴
움직이기 시작했다…

모든 게 없어져버렸어… 모두 사라졌어…

우린 이제부터 어떻게 되는 거지? 어떻게 해야 하죠? 아빠…

겐, 엄마를 잘 부탁한다. 살아야 한다! 꿋꿋하게!

아빠, 알았어요 그럴게요.

모토야수교

원폭투하중심지
상업장려관
(지금은 원폭돔)

모토야

......

......

아앗

에헤헤헤.

아, 아빠!
누나! 신지!

이히히히, 형, 뭘 멍청하
게 앉아 있어? 힘내라구.

웨, 웬일이야. 아빠도 누나도 신지도 살아 있잖아, 내가 꿈을 꾸고 있나…?

형, 우린 집이 탈 때 용케 빠져나왔지롱.

유, 유령은 아니겠지…?

뭔 말이야? 이거 봐. 다리도 붙어 있잖아.

겐, 나도 있다아~

겐, 우린 살아 있단다.

으으윽, 아빠도 누나도 신지도 살았구나. 살아 있었어.

만세에—

만세에—

얏호, 신지야, 잘됐다, 잘됐어.

까르르르, 형, 잘됐다, 잘됐어.

빨리 엄마한테 알려야지. 놀라 자빠질 거야.

신지야, 빨리 와— 아기도 태어났어. 건강한 애야.

······

다들 뭐 하고 있어? 빨리 와요!

젠, 우린 일 좀 보고 갈게.

아빠, 무슨 일인데요?

아기가 태어났는데 축하 선물을 가져 가야지!

선물 같은 거 없어도 돼요.

그건 안 돼. 갓난아기가 입을 옷이라도 구해올게!

이히히히, 혀—엉, 나도 맛있는 거 찾아 올 게. 기다려~

가지마, 아빠—아, 누나—아 신지야! 나도 갈게. 기다려~

아앙— 기다려— 어—

나만 두고 가지 마~

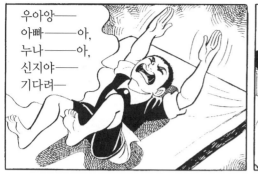

우아앙——
아빠——아,
누나——아,
신지야——
기다려——

겐…
겐!

뻘
뚝

겐, 그렇게 울다니.
되게 가위눌렸나
보구나…

꾸, 꿈
이…

엄마, 방금 아빠랑
누나랑 신지가
돌아온 꿈을 꿨어.

어쩌면 정말로 다들
살아 있을지도 몰라요.

……
……

이제 곧 선물을 들고
신지랑 이리로 올
거예요.

네 꿈이 정말이라면
오죽 좋겠니…

진짤 거야,
틀림없이
진짜야.

나는 내 꿈을
믿어요.

이히히히 엄마, 난 어쨌든 기뻐요. 기운도 나고요.

왜 신지랑 얼른 안 오지?

겐, 괴롭겠지만 이제 아빠랑 누나랑 신지는… 단념해야 해…

……

너도 봤지? 불에 타는 걸…

이미 죽었어…

부들 부들

아니야, 아니야!

아빠도 누나도 신지도 살아 있어요. 금방 선물 가지고 이리 올 거야!

엄마 바보야— 다신 죽었다고 하지 마— 하지 마—

으아— 앙 으아— 앙 으아— 앙

……
……

으아아아악

겐!

흑흑흑, 이 엄마를 용서해주렴. 겐, 네 꿈을 부숴버리다니…

엄마가 바보였구나, 바보였어. 아빠랑 다들 살아 있구말구. 꼭… 살아 있어…

흐흐흑, 모두 살아 있다고 믿고 힘내자구나!

물~

흑흑흑

으애애~ 응애애~ 응애애~

오냐 오냐, 배고픈 게로구나.

응애~ 응애~ 응애~

자아, 먹으렴.

쪽옥~ 쪽옥~

쪽~ 쪽~

응애애~ 응애애~ 응애애~

왜 이러지?

31

어째서 우는 거야?

겐, 젖이 전혀 안 나와.

네엣?

당연하지. 우린 요 삼일 간 아무것도 먹지 못했으니…

안 되겠다. 이러다간 아기가 죽겠다…

엄마, 죽게 해선 안 돼!

쌀… 쌀이 있어야 해.

쌀만 있으면 돼요?

쌀을 찧어서 죽을 해 먹으면 젖이 나와.

젖 대신에 쌀미음을 먹일 수도 있고…

모든 게 다 타버렸으니 쌀알인들 어디서 구하겠니?… 어떡한담…

시골에나 가면 쌀이 좀 있을지도 모르겠구나.

엄마, 내가 갈게요. 시골이든 어디든 가서 쌀을 구해올게요!

엄마, 기다리세요.

겐, 괜찮겠니?

맡겨두세요! 내 여동생을 죽게 할 순 없어요.

아빠랑 누나랑 신지랑 살아서 돌아오면 이 애를 봐야죠.

요 녀석, 조금만 기다려. 내가 쌀을 많이 가져올게.

죽으면 안 돼, 알아들었지? 절대 죽으면 안 돼!

엄마, 갔다 올게요.

겐, 조심하거라.

……
……

여보… 겐이 아주 많이 컸어요… 칭찬해주세요.

누가 이 애에게 젖 좀 주십시오—

물 물

응애 응애 응애

쭉 쭉

저 미안하지만 이 애한테 젖 좀 나눠주세요…

응애 응애 응애

당찮은 말 마세요. 우리 애 먹을 것도 넉넉잖은데 남의 애까지…

딴 사람에게나 부탁해봐요.

안 될까요…?

응애 응애

오냐, 아가, 아가 제발 그렇게 울지 마.

저 여자한테 부탁해 보자…

저 죄송하지만 이 애한테 젖 좀 나눠주세요. 부탁이에요.

저…

죽었어!

이 아기는 엄마가 죽은 줄도 모르고 젖을 빨고 있어… 불쌍한 녀석…

그래그래, 배고픈 줄 알아… 제발 그렇게 울지 마.

으흐흑, 젖만 나와주면…

겐, 빨리 쌀 좀 구해오렴… 이러다 아기가 굶어 죽겠구나…

젠장, 끝이 없네. 시체를 아무리 치워도 계속 나오네.

빨리 태워버려야지. 시체 썩는 냄새가 너무 지독해서 견딜 수가 없어.

오가와 대원, 시체 정리 빨리 끝내!

옛.

구역 질이 나.

끔찍해. 마치 어물 시장의 고기 썩는 냄새 같애.

앗!

뻐끔 뻐끔

잠깐만요. 군인 아저씨, 이 사람은 아직 살아 있어요. 입을 움직였어요.

소용없어, 애당초 살긴 틀렸어.

꼬맹아, 방해하지 말고 저리 갓!

불쌍해라.

여엉차!

그만해. 넘친다.

됐어, 소각장으로 운반해!

도대체 그 폭탄으로 얼마나 많은 사람들이 죽은 거야… 셀 수도 없나봐.

아저씨, 무슨 일 이죠?

미군병사야. 히로시마에 포로로 잡혀 있다가 죽었어.

와아 와아

이놈! 이놈!

죽어, 죽어랏.

이놈들 땜에 우리가 이 꼴이 됐어.

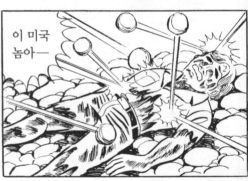

보지만 말고 너도 돌 던져.

이 미국 놈아―

나도 하게 해줘.

오, 할머니도 하세요.

으으윽, 이 짐승아, 축귀 미국놈아!

이건 집채에 깔려 죽은 영감 몫이다.

이건 화상으로 살가죽이 벗겨져 죽은 딸애 몫이고,

이건 불에 타죽은 손자녀석 몫이야.

나쁜 새끼 나쁜 미국놈아.

난 혼자가 돼버렸어. 우리 집 돌려줘. 우리 영감하고 딸하고 손자도 돌려줘어—

흐흐흑, 너희는 왜 그런 무서운 폭탄을 떨어뜨린 거야?

우린 아무 나쁜 짓도 안 했는데, 왜 이런 끔찍한 일을 당해야 해?

흐흐 흑흑

흑흑흑

미국은 자기 나라
군인마저 다 죽였어.

가야지, 꾸물거려선 안 돼.
얼른 쌀을 구해 갖고 가야
아기가 살 수 있어.

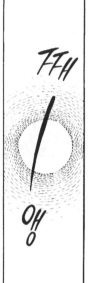

끄개

앵

하아
하아

위성
위성

으으으, 메스꺼워.
속이 울렁거려.

하아 하아, 시체 썩는 냄새에다가
허기가 뒤섞이니까 현기증이
나네…

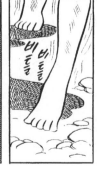

비틀
비틀

아,
안 되
겠다.

눈앞이
가물거려.

위성
위성

40

으으으, 내가 쓰러지면 안 되는데…

쌀을 구해가지 않으면 아기가 죽는데…

으으, 눈앞이 아찔해!

어, 엄마— 괴… 괴로워—— 어——

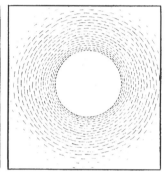

야, 여기에도 시체가 있어.

희한하네. 이 시첸 깨끗한데…

그 시체도 빨리 올려. 석유를 뿌려서 태울 거니까!

여엉차—

이 애 정말 죽은 걸까? 어쩐지 살아 있는 것 같애.

여기 히로시마에 떨어진 폭탄은 참 별나다니까. 여태껏 멀쩡하던 사람들을 순식간에 모조리 죽였단 말야.

……
……

이 애도 아마 그럴 테지.

불쌍하네…

42

자, 불 붙인다.

나무아미타불…

나무아미타불
나무아미타불

나무아미타불
나무아미타불

으아악

앗?

엇?

뜨... 뜨
거~~~

우앗—
저 꼬맹이 살아
있었잖아!

우악—
뜨거~~~
도와줘~

끄으
윽...

빨리
불을 꺼

꼬맹아, 정신차려. 우린 네가 시체인 줄 알고…

끄으응…

으으… 바보~~바보~~ 난 살아 있다구요~ 너무해. 날 시체로 보다니…

미안해, 미안해.

바보아저씨, 미안하다고만 하고 치료도 안 해 줄 거예요?

아, 화상을 입었구나, 구호소에서 치료해줄게.

꼬맹아, 빨리 정신이 돌아와서 다행이다. 조금 더 늦었더라면 저 시체들이랑 같이 탈 뻔했어.

사람 타는 냄새가 너무 독해요…

자아, 가자.

으으윽, 덴 데가 아파요.

꼬맹아, 이거 먹고 참아. 내 점심이다.

우와— 건빵이 다.

아, 맛 있 다아!

전 삼일간 아무 것도 못 먹었어요. 너무너무 맛있어요.

그래… 내걸 다 줄 테니 많이 먹어.

정말요? 아저씨 점심은 어쩌구요?

나는 요새 밥맛이 없으니 걱정 마라.

히히히, 아저씨, 미안해요.

나한테도 너 같은 아들이 구마모토에 있단다.

널 업고 있으니 아들 생각이 나서 남 같지가 않구나.

46

꼬맹아, 노래
불러줄 테니
힘내거라…

……
……

나는야, 추석명절만
집에서 쉴 수 있는 머
슴이라네. 이 명절이
지나면 주인집에
돌아가야 해~ ♪

명절아 어서 와.
내가 빨리 집으로
돌아갈 수
있게~ ♬

군인 아저씨, 물탱크
마다 퉁퉁 불은 시체가
들어 있네요…

불쌍도
하지…

불길이 얼마나 뜨거
웠으면 이런 작은
물탱크로 피했을까…

이 사람은 애들을 살리려고 결사적으로 부둥켜 안고 있구나…!

이 애들은 오누인가 보네. 오빠가 불길을 막아주려 했구나.

처참하구나. 정말 처참해.

……
……

군인 아저씨, 빨리빨리 미군을 쳐부숴요.

전쟁에서 이겨 주세요!

모두 이렇게 타죽다니 정말 너무 불쌍해요.

암… 꼭 때려 부숴야지, 미국놈들을!

죄 없는 여자와 애들을 이렇게 무참하게 죽이다니…

부탁해요. 군인 아저씨, 부탁해요.

……
……

하악
하악

왜 그러세요?
아저씨,
힘드세요?

꼬맹아, 미안하
지만 혼자 걸어
가야겠다. 메스
꺼워 못 참겠
구나.

네…

허억
허억

이상하네. 건강만은 남에게
안 지는데. 시체 정리 하러
히로시마에 온 다음부터는
몸이 나른해서 못 견디겠네.

하아
하아

괜찮아요?
아저씨?

뿌지직

뿌지직

으윽,
냄새.

아, 아저씨, 어떻게 된 거예요? 지저분하게 똥을 싸고…

무슨 소리야? 내가 똥을 쌌다니?

아저씨는 자기가 한 일도 몰라요?

요 요놈, 날 놀릴 셈이냐?

장난 아니에요. 엉덩이에 손대 봐요.

뭐?

저…정말이네. 내가 어느새…

피섞인 똥이야 내… 내가 이질에 걸렸나?

이상하네. 그렇다고 배가 아픈 것도 아닌데…

아, 아저씨, 머리카락이 벗겨져요.

머리카락이…?

대… 대번에 이렇게 많이 빠지다니…

내 몸이 어떻게 된거야…

하하하하, 군인 아저씨, 머리가 홀렁 벗겨졌어요. 우스워라.

이익-

미, 미안해요. 웃어서…

으으으, 추, 추 워…

춥다고요? 이런 한 여름에 춥다고요?

으으으, 추워 죽겠어.

꼬, 꼬맹아, 못 참겠어.

왜 그래요? 아저씨, 정신차려요.

으으으, 이불을, 이불을 덮어줘.

이런 잿더미에서 이불을 어떻게 찾아요?

꼬 꼬맹아, 추워, 추워 죽겠어. 뭐라도 덮어 줘~~~

아아~ 큰일났네 어쩌면 좋아.

!

그래, 이 함석을 덮어 주자.

덥석

앗, 뜨 거~

호— 호— 함석이 햇빛에 달궈졌네.

이걸 덮어주면 춥진 않겠지.

아저씨, 정신차려요.

이제 안 춥죠?

으으으, 안 돼. 더 덮어줘. 추워, 추워!

어쩐 일이야? 이렇게 뜨거운 함석을 덮어줘도 춥다니…

웩 웩

아저씨가 이상해진 게 아닐까?

으으으… 료타, 신키치, 아빠가 이렇게 선물을 많이 가지고 돌아왔다…

아저씨가 열에 들떠서 집으로 돌아가는 꿈을 꾸고 있잖아!

아저씨, 정신차려요. 죽으면 애들이 슬퍼할 거예요. 기운내요. 예?

으으으으…

그냥 두다간 죽고 말 거야… 그래, 구호소로 데려가야지.

아저씨, 정신차려요. 구호소로 업고 갈 테니까요.

쿠—웅

어이구.

엄청 무거워. 업고는 못 가겠어.

어떡하지? 어떡하면 좋지?

으으으…

그래, 함석으로 썰매를 만들자.

정말이지, 힘들게 생겼군…

자, 다
됐다.

이히히히,
난 머리가
참 좋아.

어양나 어양나

아저씨,
정신차려
요.

ㅇㅇㅇ-
ㅇㅇㅇ-

영차
영차

이거 거꾸로 됐네.
구호소에 데려가려던
사람은 본래 나였는데.

덜컹
덜컹
덜컹

영차
영차

덜컹 덜컹 덜컹

괴로
워─

으으
으

물 줘─

으으
으…

간호원───
괴로워〜〜〜
빨리 약 발라
줘─어.

약은 이미 다
떨어졌어요.
참아야 해요.

상처 치료는
살 가망이
있는 사람만
해.

알았어요,
군의관님.

으으윽, 빨리 유리를 빼주세요.
조각들이 살 속으로 파고들어
아파 죽겠어요.

으윽, 제길, 상처가 썩어
구더기가 끓고…
가려워 죽겠네.

빨리
어떻게
좀 해
줘…

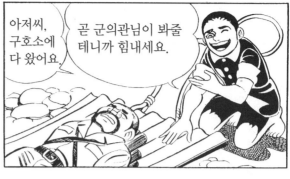

아저씨, 구호소에 다 왔어요.

곧 군의관님이 봐줄 테니까 힘내세요.

군의관님, 이 군인 아저씨 좀 봐주세요. 죽을 것 같아요.

아직 살았니?

멍청이, 여긴 시체를 가져오는 데가 아냐. 빨리 치워.

치, 치워요?

이히히히, 군의관님은 농담도 잘 하시네요.

바보야, 심장에 손을 대 봐!

이봐요— 군인 아저씨…

허억— 죽었다.

정말로 죽었어. 몸이 차~

설사하거나 피를 토하거나 추워하지 않았냐?

네, 그랬어요.

57

저 군인들과 같아. 건강하던 사람들이 시체 치우러 와서는 벌써 저렇게 죽었어…

대, 대체 어떻게 된 일이죠?

☆ 나도 몰라.

여기 히로시마에 투하된 신형 원자폭탄이란 게 원인이겠지.

워, 원자폭탄!?

뭔…뭔 소리야!

고생고생해서 여기까지 데려 왔는데… 너, 너무해.

군인 아저씨, 안 돼요… 이렇게 쉽게 죽다니 눈 좀 떠요―

또 다시 노래를 불러줘요.

살아서 구마모토 애들 곁으로 돌아 가야죠.

으으흑, 벌써 얼마나 많이 죽어버린 거야.

어째서 내 주위엔 죽는 사람들 뿐이야?

이제 시체만 보는 건 못 견디겠어.

나쁜 미국놈의 새끼들! 어째서 이런 무서운 폭탄을 떨어뜨린 거냐구!

우아~~~앙~ 어째서 모두 죽는거야~~~

누가 이 애한테 젖 좀 먹여주세요.

......

으앙애앵 으앙애앵

시끄럿. 그런 애는 빨랑 죽여버리면 돼.

무…무슨 그런 말을…!

죽어! 죽엇!

미… 미쳤어.

자, 아기를 이리 줘. 내가 죽여줄 테니!

무슨 짓이에요. 그, 그만 둬요—

자아, 죽어, 죽엇.

쭈욱 쭈욱 쭈욱 쭈욱

아… 아줌마.

......

흑흑흑, 자, 많이 먹으렴. 내 젖이 텅 비게 몽땅 먹어.

도… 도대체 어떻게 된 일이에요?

걱정 마세요. 죽이진 않을 테니…

얼마전까지만 해도 우리 애가 이 젖을 먹고 있었어요.

우리 애 는,우리 애는…

저렇게 화상을 입고 죽어버렸 어요.

아줌마 애를 보니 부럽기도 하고 괴롭기도 해서 죽이고 싶은 충동이 일어서… 난폭하게 군 거예요.

미안해요.

아, 아줌 마…

하지만 내 아이한테 주는 마음으로 줄 테니 안심하세요.

고, 고맙습니 다. 한시름 놓았습니다.

고맙다니 그런 말 마세요… 오히려 내가 마음이 편해 졌으니 감사드려야죠.

……
……

아가야… 잘됐구나 잘됐어.

겐… 아기는 살았단다, 살았어.

하악 하악, 빨리 시골에 가서 쌀을 얻어서 돌아가야지, 아기가 죽기 전에. 엄마가 기다릴 텐데…

군인 아저씨 만나서 늦어졌네. 서둘러야겠어.

응?

뭉텅

나…나도 머… 머리카락이 벗겨져…

이… 이렇게 많이…

우아〜〜〜 앗, 나도 그 아저씨처럼…

으으으, 나…
나도 주… 죽
는구나!

우앙~~
싫어~~
싫어~~

나 난
죽고 싶지
않아~~

어… 엄마~~ 아,
무, 무서워~~살려줘
~~살려줘~~어.

원폭은 히로시마 시내를
파괴한 것만이 아니라 폭발과
함께 시내 구석구석까지
방사능을 뿌렸다.

아무것도 모르는 건강한
사람들의 체내에 들어가
세포를 계속 파괴하는
원폭증이 사람들을
괴롭히기 시작했다…

온 세상 싸 다니는 각설이 쪽박
하나 들고 대문 앞에 서서~~
아자씨이— 밥 좀 주우~~
배터지게 밥 좀 주우~~~♪

감
자
감
자
고
구
마
땅
가
땅
가

이히히, 멋있는
모자를 주웠다.

소방수
모자다!

자아, 겐 소방관이 불을
꺼줄 테니 모두에게
알려라—아—

불난 데가 어디야?
불난 데가 어디냐구?
우아── 우아──

혁혁

목이 마르
네. 강물이
라도 마실
까…

……
……

하아
하아

……
……

뿌득
뿌득

내… 내 머리가 벌써 다 빠졌어…

우왓, 군인 아저씨도 머리가 다 빠져 죽었는데…

으으으…

에잇,

난 안 죽어. 죽을 수 없어!

난 괜찮아, 난 건강해. 건강하단 말야.

난 절대 죽지
않을 거야.

대머리가 돼도 안
무서워~ 야잇! 빌어
먹을 바보새끼
들아~~~

감감 감자
고구마

♬새벽 5시 반~ 도시락 들고
집 나서는 아빠의 모습~ 점심
은 지렁이 국수~ 떠돌이 생활
왜 이리 힘들어. 매일같이
벼룩만 들끓는구나~~~

하악
하악

으으윽,
죽고 싶지
않아.

나… 난
죽고 싶
지 않아.

으아~앙,
난 죽기 싫어~

으
아 으
아
으
아
앙
앙
앙

이건 무슨 소리지?

앗?

아니? 시체들 배가 북처럼 부어 있잖아… 뱃속이 썩어서 팽창한 가스가 터져 나온다…

우욱… 냄새가 지독해

으윽… 물살에 따라 시체들이 내려갔다 올라왔다 하고 있어…

나, 난 저런 시체가 되지 않아.

안 될 거야.

헉헉, 어서 여기서 도망가자. 질식하겠어.

허억 허억, 더워.

햇빛이 너무 쨍쨍해…

허억 허억, 저 전차 안에서 좀 쉬자.

엄청나군. 폭탄 폭풍으로 이 무거운 전차가 여기 까지 날아오다니…

하아
하아

앗?!

뭐, 뭐야? 이 움
직이는 게…

구…
구더기
다!

구더기가 왜
이렇게 득실
거리지?

으악─

우악~~~전차 안은 구더기가 우글대는 시체더미네!

이 아저씨는 손잡이를 잡은 채 죽었어.

원자폭탄이라는 게 눈 깜짝할 새에 사람들을 이렇게 죽였어…

ㅇㅇㅇ, 냄새-

코가 찢어질 지경이야,

웩- 웩-

ㅇㅇㅇ, 보지 말 걸 괜히 봤어…

냄새가 고약해서 현기증이 나…

하악 하악, 오나가나 시체투성이라 쉴 구석도 없구나.

웨—앵

웨—앵

이 소린 또 뭐야?

아야.

찰싹 찰싹 찰싹 찰싹

찰싹 찰싹 찰싹 찰싹 찰싹 찰싹

찰싹 찰싹 찰싹 찰싹

웨—앵

으... 으아— 앗. 뭔가가 습격해온다.

으앗!

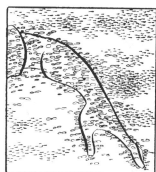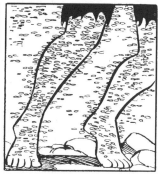

으악——
파… 파리야.

시체에서 생겨난
파리가 이렇게
들끓는 거야.

앗?

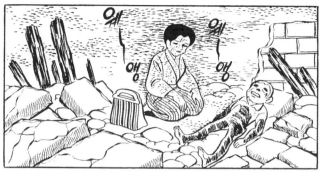

중얼…
중얼…

왜 저러지?
저 아줌마…

파리가 저렇게
달라붙었는데 용케
도 앉아 있네.

중얼…
중얼…

파릴 쫓아낼
기력이 없나
봐.

불쌍도 하지.
내가 쫓아줘
야지.

이 빌어먹을 파
리들아, 꺼져,
꺼져—

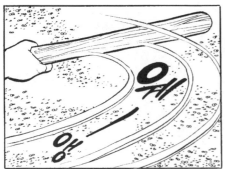

네 이놈, 거기서
뭐 하는 거야!

네
엣?

쓸데없는
짓 하지
마.

나…난
도와주
려고…

내 귀한 파리들을
내쫓다니!
이 바보야!

아앗.

무슨 짓이야?
정신나간 할
망구 같으니…

자아, 쇼타로야
돌아와라~

미…
미쳤어.

어떻게 된 거지? 어이가 없네.

얘야, 때려서 미안해…

이 파리들은 내 아들 쇼타로의 환생이란다.

환생이라구요?

봐라. 쇼타로 몸에서 들끓던 구더기가 파리가 되잖니.

내겐 쇼타로가 파리가 돼서 "엄마", "엄마" 하며 날아오는 것 같아… 이 파리들은 나한테 소중해…

나는 이렇게 쇼타로의 파리
들한테 둘러싸여 있는 게
마음이 편안해.

……
……

흑흑흑… 이 앤 유달리
효자였지. 착한 애였어.

히로시마의 친척집에
놀러 왔다가 이 꼴이
됐어…

쇼타로야, 네가 먹고
싶어하던 우리 집 마당의
복숭아를 따왔어…

자, 먹
으렴.

쑤욱

맛있니?
쇼타로?

많이 가져왔
단다. 맘껏
먹어라.

너도
먹으렴.

네? 저도 준다구
요…? 고마워요.
아줌마.

아줌마, 잘
모르고 욕을
해서 미안
해요.

흑흑흑, 난 앞으로 어쩌면 좋으니?

애 아버지는 전쟁터에서 전사했는데 하나밖에 없는 아들마저 이 모양이 되었으니 이제 살아갈 희망이 없어…

씩씩하게 웃으면서 집을 나서던 게 바로 사흘 전인데…

ㅎㅎ흑, 쇼타로야, 한번 더 "엄마"하고 불러다오.

제발, 제발 부탁이야.

ㅎㅎ흑, 쇼타로, 쇼타로——

……

……

아줌마, 기운 차리세요. 이러면 안 돼요!

흑흑흑, 흑흑흑…

아, 아줌마, 저 갈게요

빨리 쌀을 얻어서 엄마한테 돌아가야 하거든요.

괴롭겠지만 기운 내시고 잘 사세요. 저 갈게요…

정말… 싫다, 싫어. 얼른 이 시체더미에서 벗어나야 해.

잘 익은 복숭아를 얻었네.

……
……

안 돼, 엄마한테 갖다줘야지. 조금이라도 젖이 나오게 하려면…

하아 하아

어… 엄마 조금만 더 기다려요. 쌀을 얻어서 돌아갈게요.

아니!

저, 저건 누나다.

뒷모습, 걸음걸이 모두 에이코 누나야.

진짜로 살아 있었어.

그럼 아빠랑 신지도 살아 있겠구나.

누나―아―

에이코 누나―아―

맞아,
에이코 누나
야.

저 걸음걸이, 저 뒷모습,
틀림없이 에이코 누나야.

살아 있었어.
역시 살아 있
었어…

아빠랑 신지도
살아 있다!

누
나
아

에
이
코
누
나
아

누
냐
누
냐
누
냐
누
냐

하아
하아

누
나
아

와
락

우아──앙,
에이코 누나──아,
살아 있었구나. 살아
있었어.

호호흑,
엄만
무사해.

아기도
무사히 태어
났구.

헉!

어어
어어

……
……

꼬마야,
난 에이코가
아냐.

난
나추에야.

으으으… 누나가 아니었어.

에이코 누나가 아니었어.

우아~~앙~

누나 보고 싶어~ 신지도 보고 싶어~ 아빠도 보고 싶어~어~

…… ……

사내녀석이 징징거리면 못써!

힘을 내야지!

으으윽, 그래 도…

난 울보가 질색이야.

훌쩍 훌쩍… 판박이야… 뒷모습은 진짜 에이코 누나하고 똑같애. 정말 딴 사람일까…

뭐 하는 거야, 저 누나는?
시체 입을 들여다보고…

아, 아니
야…

이상한 짓을
다 하네~

85

……
……

이, 이것
도 아냐.

누나, 뭐하
는 거야?

아무리 시체 입을 열어
봐도 찾을 수가 없어 .

우리 엄만 앞니하고
어금니에다 금니
세 개씩을 박아
넣었거든.

도대체 어디 갔을까?
엄마 시체는…

누나네 엄마 시체를
찾고 있는 거야…?

분명히 이 근처에서 헤어졌는데. 여기 있어야 하는데…

난 무슨 일이 있어도 엄마 시체를 찾아 내야 해.

찾지 않으면 안 돼.

그 불이 우리 엄마를…

엄마——아, 빨리 뛰어요. 불길이 덮쳐오고 있어요.

나추에, 더는 안 돼. 못 뛰겠어.

난 화상 땜에 다리가 오그라 들어서 움직일 수가 없어. 이젠 한 걸음도 못 걷겠어~

난 여기서 죽 어도 괜찮아.

무슨 말을! 일어서요. 달려야 해요!

으으윽… 나추에, 엄마가 죽으면 뼈만큼 은 아빠가 있는 무덤에 묻어줘.

난 병으로 죽은 네 아빠를
만나러 갈게.

난 놔두고
너나 어서
도망쳐. 얼른
가—

바보, 바보,
엄마는
바보야—

제발 부탁이야, 같이 가요.
어서 일어서요.

바보—
엄마
바보—

화르르—

으악— 부… 불이 마치 손을
잡은 것처럼 줄을 지어서…
땅 위를 기어오고 있어~~

끄아
악—

엄마—
아—
엄마—
아—

으악—

⋯⋯
⋯⋯

⋯⋯
⋯⋯

나는 약속대로 엄마 뼈를 아빠 무덤에
묻어줘야 해. 엄마 시체를 찾기
전까지는 죽고 싶어도 죽을 수 없어.

훌쩍, 엄마는 무용을 무척 좋아했어.
그래서 내가 무용수가 돼서 화려한 무대
에서 춤추는 걸 보고 싶어했는데⋯

이 누나가 무용수⋯
안됐다. 화상이 심해
서⋯ 이제 남들 앞에
서 춤추지 못하게 됐
으니.

89

이젠 내 춤을 볼 엄마는 없어…

시체마저 못 찾았으니…

흑흑흑

누나, 나도 찾아 볼 테니 힘내.

넌 어째서 나한테 그렇게 친절한 거니?

나… 난 누나가 꼭 우리 누나 같이 생각돼서…

내가 함께 찾아 줄게.

고… 고마워. 정말 고마워.

아앗~~ 가려워~~

가려워서 참을 수가 없어~~ 내 얼굴 좀 봐줘…

으… 응.

뭐가 움직이지…?

으─

우와~~ 살짝 만졌는데 뭉클한 고름이 튕겨 나오다니.

내 얼굴이 어떻게 된 거야? 알고 싶어.

……

너 혹시 거울 있니?

어, 없어.

그럼, 내 얼굴 깨끗하니…?

으…응.

저, 정말로 깨끗해? 숨기지 말고 말해줘.

깨…깨끗해. 좀 화상을 입은 것뿐이야.

그—으래… 다행이네. 내가 괴물같이 됐다면 자살할 거야!

……

추한 얼굴로는 사람들 앞에서 춤출 수가 없어… 춤은 내 희망인데…

으으윽, 또 가려워 못 참겠어…

누나, 잠깐만. 뭐가 움직여!

구, 구 더기야.

가…가려워. 애야 어떻게 안 되겠니…

구더기가 꿈틀거려서 가려운 거야.

이놈.

한 마리 잡았다.

이놈, 누날 괴롭 히다니 용 서 못해.

누나, 좀 참아… 몽땅 떼어줄 테니.

우우 욱…

톡 톡

어휴— 이렇게 많 이 있네.

이놈의 새끼 들…

이제 안 가렵지?

고… 고마워.

내 얼굴에서 이렇게 구더기가 생기다니… 이상해.

아마 심하게 탔나 봐.

……
……

어디 거울이 없을까? 내 얼굴을 보고 싶어… 알고 싶어…

누나가 거울을 보면 실망해서 죽어버릴 거야.

절대 거울을 보이면 안돼…

누나. 화상 입은 데서 구더기가 생긴 것뿐이야. 걱정 마, 누난 예뻐. 깨끗해.

……

정… 정말로 깨끗한 거지? 거짓말 하면 죽일 테야.

정… 정 말이야. 깨끗해~

널 믿을게…

……
……

자, 어서 누나 엄마 시체나 찾자.

으...응.

후우 후우

하아 하아

헉헉, 안 돼, 안 돼. 아무리 찾아도 없어.

94

호흐흑, 엄마 시체는 도대체 어딜 간 거야?…

호흐흑, 바보, 바보, 엄마는 바보야… 제발 나타나 줘요~~~

누나, 벌써 땅속에 묻혔나 봐.

끄으, 웩웩

우악~~~ 시꺼먼 피!

으으윽─

누나, 괜찮아?

하아 하아, 괴로워, 물… 물을!

누나. 정신 차려!

물… 물… 물 줘.

어쩌지? 이런 데서 물이라니 어디 찾을 수가 있어야지.

아!

이 복숭아는 엄마에게 드리려던 거지만

누나한테 주자…

엄마! 엄마에게 못 드려서 죄송해요.

에이코 누나가 먹었다고 생각해줘요!

누나, 이거 먹어.

보… 복숭아 아냐!?

와삭 와삭

아… 맛있어… 맛있어…

꿀꺽.

우우욱, 꼬맹아…

나카오카 겐, 절대 네 이름 잊지 않을게.

고마워. 귀한 복숭아를 줘서…

하아 하아, 난 이제 지쳤어. 날 내버려두고 가.

누나, 기운내.

나하고 계속 같이 있다간 이로울 게 없어.

싫어, 죽어가는 누날 두고는 못 가.

우우욱, 난 죽지 않아. 절대 죽지 않아. 훌륭한 무용수가 되기 전엔 죽을 수 없어.

누나ㅡ아ㅡ

우욱.

우왓~~~ 열에 못 이겨 까무라쳤네.

온몸에 보라색 반점이 생겼어. 어떻게 된 거지?

보라색 반점은 방사능에 의한 원폭증 특유의 증상이었다…

어떻게 하든 이 누나를 살려야 해.

에이코 누나가 죽어가는 것 같아 못 견디겠어. 이떡하면 좋지? 어떡하면…

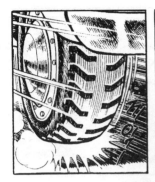

부상자는 이 트럭을 타라. 니노시마 육군 병원으로 데려간다.

부상자들은 모여라~

잘됐다. 누나를 데려가자.

누나, 힘내. 병원에서 치료해줄 거야.

으 윽

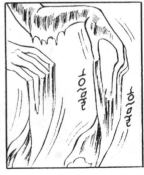

흐윽

흐윽

여기요——
군인 아저씨,
기다려요~~~

어이, 빨리 타.
우물쭈물 하면
두고 간다.

으으
으…

쳇, 올라탈
힘도 없나?

으악— 살이 뭉개져서
홀렁 벗겨졌어. 이거
데려가도 소용없어.

너, 너
무해.

군인 아저씨,
이 누나 좀
올려줘요.

오냐,
자.

영차—

헉헉

물 줘.

우우욱, 엄마, 아빠…

아파, 아파요.

ㅇㅇㅇ, 물— 물—

…… ……

지옥이야… 지옥! 이러다 내가… 미치겠어!

우우욱

누나, 힘내, 정신차려…

하아 하아

누나, 훌륭한 무용수가 돼야지. 죽으면 안 돼. 제발 죽지 말아~~

출발 한다!

부

릉

누나, 곧 배가 오면 니노시마 병원으로 가서 치료 받게 될 거야. 힘내.

하아 하아, 물… 물 줘.

또 물을… 화상을 입으면 자꾸 물만 먹고 싶은가 보구나…

빠, 빨리 물… 목이 타서 찢어질 것 같아.

아, 알았어. 가져올게!

물, 물, 물이… 어디든 물 담을 그릇을 찾아야지.

아~

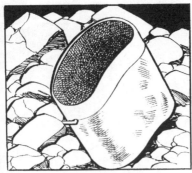

됐어. 마침 좋은 반합 이야.

쏴악

으악~ 손까지 붙어 있어.

이놈, 놔!

콸 콸

어휴― 겨우 찾았네.

폭풍으로 손이 떨어져 나왔나봐…

갯더미가 됐는데도 수돗물이 나와서 다행이다.

자, 됐어.

엇?

물──
물──

뭐야? 저 아저씨는 샅바를 늘어뜨려서 몰골이 사납네.

샅… 샅바가 아냐. 등살이 늘어져서 그런 거야.

ㅇㅇㅇ…

으…
으…

물…
물…

저 아저씨도 뭔가 늘어뜨리고 다니네.

으악~~~~이 아저씨는
배가 터져서 장이 쏟아져
나왔어! 용케 살았어…

으으
으…

물—
물—

우욱
우욱

아앗~ 물을 마시고
안심해서 그런가
갑자기 죽었어.

누나도 물 마시면
죽는 거 아냐?
걱정이다…

하아 하아,
누나, 가져
왔어.

빠,
빨리
줘—

천천히
마셔.

고마워.

왜 그래? 그렇게 마시고 싶어해놓고… 뭐가 안에 들어 있어?

……
……

너… 너… 속였어.

날 속였어.

이 거짓말쟁이.

왜, 왜 이래?

내… 내 얼굴 괴물 같잖아! 화상이 심하잖아!

괜찮다, 괜찮다고 날 속이고…

아차 얼굴이 물에 비쳤구나.

흐흐흑… 이런 몰골로는 사람들 앞에서 춤출 수 없어.

이젠 끝장이야. 내 꿈은 사라졌어~ 내 희망도 사라졌어~

우아아앙— 이제 끝났어, 끝났다구.

실수다! 반합에다 물을 담아온 게 잘못이었어…

누나, 힘내. 그 정도 화상쯤이야 치료하면 돼.

엉엉엉
엉엉엉

누, 누나, 어디 가?

우아—앗 누난 바보야—

누나아.

누나는 바보야—!

얼굴 화상쯤으로 죽으면 안 돼!

사람 살려~~

아니, 애가 물에 빠졌다.

꼬맹아, 이걸 잡아.

헐떡 헐떡

허억 허억

우우욱 흑흑흑

누나, 살아야 해. 제발 부탁이야, 살아줘.

으으윽

그냥 죽고 싶어~ 우아~~~앙, 날 죽게 내버려둬.

......
......

배가 왔다.
다들 타.

자, 빨리
타라.

으으
윽

물

자, 누나, 가자. 니노시마에
가서 화상치료를 받아야
해. 힘내.

우우
윽.

영차
아—

젠장, 끝도 없이
시체만 쌓이는
군…

영차
아—

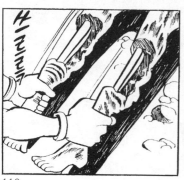

정말 질색이야. 시체
를 당기면 살이 빠져
뼈가 드러나다니…

사람이 그냥 돌 같애. 저 시체 하나하나가 살아 생전엔 울고 웃고 했을 거라는 게 믿기지 않아.

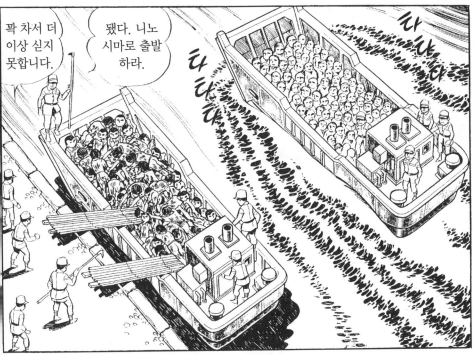
꽉 차서 더 이상 싣지 못합니다.

됐다. 니노 시마로 출발 하라.

끔찍하 다, 끔찍 해.

니노시마는 히로시마에서 약 40킬로미터 떨어진 세토나이 해안에 있는 작은 섬으로 육군 검역소가 있었다···
그 검역소로 히로시마 시내 구호소에서는 치료할 수 없는 부상병이나 시체들이 2만 명 이상 옮겨졌다···

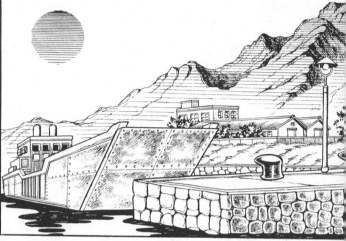

군의관님, 빨리 약 발라줘—요.

군의관님, 물 주세요.

괴로워—

엄마—아 엄마—

으으윽···

위생병, 이 사람은 이미 죽었다. 밖으로 옮겨.

옛.

원, 줄줄이 죽어가 니까 쉴 짬도 없군.

부상자가 많아 병사 안에 못 들어가다니… 무엇 땜에 니노시마까지 왔는지 모르겠네.

빨리 누날 치료해 줘야 하는데.

우우욱, 물― 물을 줘.

또 물 이야…

제― 제발, 빨리 갖다줘.

아, 알았어. 근데 내가 자릴 비운 사이에 누나 자살하거나 하지 마.

자살은 이제 안 할 거야.

정말이지? 거짓말하면 안 돼!

누나, 약속해.

으응!

알았어. 물 가져 올게. 기다려.

……
……

미…미안해, 겐.

네 친절은 죽어도 안 잊을게. 고마워.

하아 하아, 누나아― 물 가져왔어.

앗!

어, 없다. 누나가 없어. 어디 간 거야?

바다 쪽으로 갔다.

서…설마 날 속이고…

누나― 아― 누나― 아

누나― 어디 있어―

하아
하아

하아
하아

하아
하아

앗?!

아아—
역시.

안
돼!

앗.

누난 거짓말쟁이야. 날
속였어. 자살은 안 한다고
약속했잖아.

제발, 제발 죽고 싶어!
이런 얼굴로는 살 수
없어.

바보
야—
바보
야—

115

누난 벌써 자살로 두 번이나 죽었잖아. 이제 다시 살아난 거야.

……
……

난 누나가 죽는 게 우리 에이코 누나가 죽는 것 같아서 견딜 수 없이 괴로워.

……

새로 태어났다고 생각하고 용기를 갖고 살아달란 말야.

이미 두 번이나 죽었다가 다시 태어났다고 생각하고…

춤을 못 춰도 살 수 있잖아. 살아서 할 일은 얼마든지 있어.

……

할 일이 많다고…!

살아 있으면 하얀 쌀밥이랑 만두랑 많이 먹을 수도 있고…

그렇지… 난 살아서 엄마 시체를 찾아내야 해.

그거야!

난 바보야… 정말 바보야, 죽는 일만 생각하다니.

……

겐, 난 살 거야. 힘낼게.

저, 정말이지!

116

누나, 진짜로 이제 절대 자살 안 할 거지?

으응. 안 해. 자살은 안 해.

난 눈앞의 일밖에 보지 못했어. 살고 싶어도 못 사는 사람들이 많은데… 자기 목숨 귀한 줄 모르고…

이야— 힘내. 누나 아—

고…고 마워.

너 '벚꽃' 노래 아니?

응, 조금.

고마움에 대한 보답으로 네 노래에 맞춰 춤춰볼게.

어서 노래 불러.

이히히, 좀 부끄 럽네.

저 끝에서 이 끝까지♪

아지랑인 가 구름인 가~~

꽃아~ 꽃아~ 벚꽃아~ 사월의 하늘에~~~♬

꽃향기 그윽하 니~~~♬

117

이제 곧—
이제 곧—

보~~
러~~
가~~
리~~

하아
하아

잘…
잘 췄니?

잘했어.
누나
잘했어.

……
……

ㅎㅎ흑
흑흑—

우아~앙

누나,
왜 그래?

118

흑흑흑, 나 오늘로 무용수 되는 꿈은 버릴 거야.

이게 마지막 이야.

누나가 괴롭겠구나! 얼굴만 타지 않았으면 훌륭한 무용수가 될 텐데.

흐흐흑 흑흑흑

누나, 힘들더라도 기운 내.

기운 낼게. 난 살 거야. 꼭 꼭 꼭 살아남을 거야.

누, 누나.

고… 고마워 겐!

어서 치료받으러 가자.

으…응.

나추에는 일어섰다. 하지만 이 선택이 나추에에게 과연 최선이었을까?

죽지 않는 한 따라다니는 화상… 심한 화상으로 인한 슬프고 괴로운 인생이 나추에를 기다리고 있었으니…

부상자가 계속 죽어가니 태워도 태워도 한이 없네.

너무 지쳐서 녹초가 됐어.

뭘 파고 있는 거야?

시체를 태울 여유가 없어서 한꺼번에 묻고 있는 거야.

자, 흙을 덮어.

영차!

와글 와글

......
......

......
......

누나, 절대 저렇게 되어선 안 돼. 살아야 한다구.

으응.

그럼 난 히로시마로 돌아갈게.

빨리 쌀을 구해서 돌아가지 않으면 아기가 죽어. 엄마가 기다리실 거야.

......

알았지? 누나, 마음 다부지게 먹어.

으...응.

상처가 다 나으면 히로시마에서 만나.

으응.

겐, 고마워. 너도 힘내.
나 절대 널 잊지 않을 거야.

잘
가아
…

누나,
잘 있어.

누나— 안녕, 안녕은 안경, 안경은 유리,
유리는 네모, 네모는 두부, 두부는 하얘,
하얀 건 토끼, 토끼는 뛴다, 뛰는 건 개구리,

하아
하아

어서 빨리
쌀을 구해
야지.

꺼져.
갓.

아저씨, 제발 부탁드릴게요. 우리 아기 좀 살려줘요…

멍청아, 우리도 쌀밥을 못 먹는 판에 남에게 줄 쌀이 어딨어.

썩 돌아가, 꺼져.

……
……

아, 아저씨, 무슨 일이든 할게요. 쌀 좀 나눠주세요.

안 돼. 안 된다구! 계속 거기에 있으면 이 똥물을 끼얹는다.

인정머리 없군. 좀 도와주면 어때서.

얼른 꺼져.

빌어먹을 구두쇠.

히로시마에서는 웬 병신들이 이렇게 몰려와서 밭을 어지럽히는 거야? 우리 섬사람들만 손해야.

터덜 터덜

아줌마, 부탁입니다. 쌀 좀…

어지간히 해. 쌀이 있을 리가 없잖아 어서 돌아가.

안 가면 경찰을 부를 거야.

……
……

또 틀렸 어…

돈도 없으면서 쌀을 나눠달라니, 저런 뻔뻔 스러운 애도 다 있네.

귀한 쌀을 거저 줄 수는 없으니까 썩 돌아가.

훌쩍, 어떡하면 좋지? 쌀을 나눠 주질 않아…

어떡하지? 어떡해.

엄마,
어떡하면
좋아…

제에길, 아기가
배고파 울고 있을
거야.

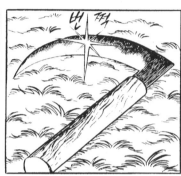

좋은 낫이
떨어져
있네…

이봐,
쌀 내놔.

우악—
강도다!

비…빌어먹을, 쌀을 안 주면…
난 정말로 도둑이건 살인이건
해버릴 거야.

쑥덕
쑥덕

이놈 삼타야, 넌 살인을 저질렀으니 할복을 명한다.

사또 나으리, 할복 말이외까?

어서 할복하라.

이~옛

아!

뭐야, 너?

에헤 헤헤.

너희들 진짜배기 할복을 보고 싶지 않니?

그래, 어디서 하는데?

보고 싶어?

보고 싶어.

나도 보고 싶어.

좋아. 진짜 할복을 보여줄 테니 모두 집에 가서 쌀 가져 와.

쌀?

쌀 안 가져오는 애는 보여주지 않겠어.

도대체 누가 할복하는데?

내가 하지.

내가 이 배를 가른다.

정…정말로 가르는 거야?

진짜야. 이 낫으로 말야…

쟤 미친 거 아냐?

근데 재미있잖아. 배를 가른다는데.

보고 싶다아…

알았어. 쌀 가져올 테니 정말로 할복 해야 해.

믿어보셔. 쌀이나 많이 가져와.

알았어. 기다려. 쌀 가져올게.

야— 보자기도 잊지 마.

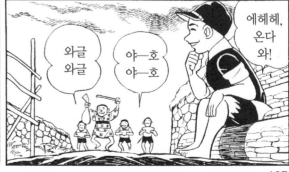

와글 와글

야—호 야—호

에헤헤, 온다 와!

자, 쌀 가져왔어.

빨리 할복해.

떠들지 마.

에헤헤헤, 두 되는 되겠네.

자, 배를 가르 겠다. 잘 봐…

꿀꺽.

너희들 너무 가까이 오지 마. 배를 자르면 피가 튀어서 옷이 피투성이가 되니까.

뒤로 가. 뒤로.

이만큼?

아직 아직

더—어, 더—어.

이만 큼?

아— 아직

128

저, 저놈이 도망 간다.

이제 됐다~

제길, 저놈이 속였어.

거기 서~

서! 쌀 도둑놈아~~

미안하지만 이 쌀은 우리 아기한테 줄 거야.

허헉

우앗.

서라— 쌀 도둑놈아.

잡아라.

놓치지 마아.

첨벙

으악~~
냄새~

이—야, 똥구덩이에 빠졌다.

저 꼴 봐.

도… 도와줘~

이놈 잘도 속였겠다.

이놈아.

쳐라, 쳐!

으악

으으윽, 나쁜 짓은 할 게 못 돼. 이건 천벌이야…

쌀 도로 빼앗아.

그래 그래.

좀 기다려— 그 쌀 나에게 줘. 부탁이야.

시끄러. 두 번 다시 우릴 속였다간 혼날 줄 알아.

…… 야, 멍텅구리야, 야아,
…… 똥통에서 꼴좋다.
머리나 식혀.

흐흐흑,
쌀…
쌀 줘…

으어엉, 누구든 쌀 좀 나눠줘~~~ 내 동생
쌀을 줘. 우리 아기 살려줘~~~ 살려줘~~~

훌쩍
훌쩍
훌쩍

어렵구나. 세상이 이렇게 몰인정한 줄 정말 몰랐어… 그 빌어먹을 원폭만 없었다면 이렇게까지는 안 됐을 텐데.

내가 지금 울고 있을 때가 아냐. 어떻게든 쌀을 가져가야지…

한번 더 부탁해 보자.

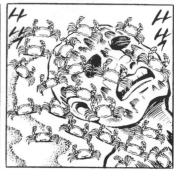

시체가 이런 섬까지 내려 왔네…

게가 시체고길 먹고 있잖아.

요놈들아~~ 불쌍하지도 않아. 저리 갓!

이 게새 끼들…

하하하 하하하

허허 허허

재잘 재잘

도란 도란

……
……

좋겠다… 식구들이 다 모여 즐겁게 밥을 먹고…

아빠, 씨름해요!

그래, 자아, 덤벼봐.

이야— 형, 지지 마.

에―잇, 에―잇.

힘 내! 겐 형, 지지 마.

에―잇, 에―잇.

아내는 남편을
돌보고 남편은
아내를 따라가
면서~~~

좋겠다, 저 사람들은…
내게도 저런 때가
있었는데…

히로시마에 살았다는
것만으로 모든 것이
사라져버렸어…

흑흑
흑…

흑흑
흑…

누구냐? 거기
있는 놈이?

이히히 안녕하세요?

웬 녀석이냐?

아저씨, 판소리 좋아하세요?

좋아한다만, 그게 어쨌다는 거냐?

제가 판소리를 좀 하니깐 그 대신 쌀 좀 나눠주세요.

네가 판소릴!?

부탁합니다. 멋지게 뽑을 테니 쌀 좀…

재미있구나. 대신 잘못하면 쌀은 없다.

잘만 하면 쌀을 주도록 하지.

정, 정말이죠? 약속했어요!

여, 여보, 그만둬요. 쌀도 귀한데.

상관없잖아. 듣고 나서 못했다 하면 그만 아냐.

심심풀이로 놀려주면 돼.

당신도 고약하네요!

자, 해 봐라.

그럼 주보사카 영험기 에서…

어허이 둥기당당

때는
유월 보름
이요~~

아내는 남편을
돌보고 남편은
아내를 따라가
면서~~

얼쑤~~

한여름의
시골
산촌~~

어허야~~
둥기
당당

나무숲
우거져
서늘한
데~~

어허야~~
둥기당당

이봐, 사와이치
씨, 소경 눈으로
그렇게 서둘러
걷다간 큰일
나~~

네~
네.

신지…
신지…

……

……

어허야~
둥기당당~

겐이 부르는 판소리는 신지하고의 즐거웠던
추억이 되어, 밀고 당기는 파도소리
마냥 청승맞게 울려퍼져 듣는
사람들의 심금을 울렸다.

하아 하아,
끄- 끝났
어요.

……

……

여보, 쌀
가져와.

예예…
훌쩍 훌쩍

자, 쌀이다,
가져가거라.

탕

저, 정말로
주시는
거예요!

싸… 쌀
이야…
쌀…

아, 아저씨,
아줌마,
고맙습니다.

또 와서 들려다오.
다음엔 마을사람들을
다 불러줄 테니까.

임마, 너 잘하
더라. 내가
놀랐어.

나도.

……
……

으으윽, 어…
엄마, 쌀을…
쌀을 얻었어.

기다려. 곧
가져갈게.

얏―호,
만세―에―
만세―에―

바다는 아득히 넓어 끝이
없네~~달 뜨고 해 저물어~~

둥둥 둥가 둥가, 동네 안에 들어서면
나눠주는 동네 알림문~다 보시면
이웃에 돌려줘요. 서로 돕고 이끄는
사이좋은 우리 동네.

아저씨, 배가 너무
느려요. 좀더 빨리
못 가요?

요놈아, 거저 태워준 것
만도 고마운 줄 알아.

전요. 빨리 히로시마로
돌아가서 엄마에게
이 쌀을 주고 싶어요.

꼬맹아, 신문에서 히로시마는 신형폭탄으로 앞으로 60년간은 초목도 못 자란다고 하던데, 정말이냐?

60년간이나…!

소름끼치는구나. 히로시마가 죽음의 도시가 되다니!

우린 앞으로 어떻게 살아가나… 정말 걱정이야…

난 히로시마로 시집간 여동생을 찾아가는데 살았는지 죽었는지 걱정이구나…

다 왔다. 히로시마다!

아—

뭐냐, 저 연기는?

아저씨, 저건 시체를 태우는 거예요

처참하구나. 히로시마에서 움직이는 건 시체 태우는 연기뿐이라니.

요 2~3일 전만 해도 아주 번화한 도시였는데…

이야——엄마——아 보세요——제가 쌀을 가지고 돌아왔어요.

아저씨—이 감사합니다.

오냐.

얼른 뛰어가야지.

엄마가 기뻐하시는 얼굴을 빨리 보고 싶어!

타로오, 구니오, 아키코, 야스코, 엄마는 이추카이치의 친척집에 있다

에이쪼, 하나요, 에바에서 기다림

겐키치, 미요 기오쪼로 오너라

그렇구나. 모두들 흩어진 가족에게 알리는구나.

우리도 팻말을 세워야겠네.

고오지 형하고 아키라 형이 돌아올지도 모르잖아…

고오지 형, 아키라 형, 어서 빨리 돌아와…

너무 외롭고 무서워…

저건?

145

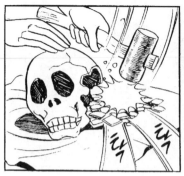

저 아줌마 뭐 하는 거지? 해골을 다 부수고…

이상한 행동을 하네?

ㅇㅇ 윽…

고오죠, 곧 편해질 거야, 조금만 참아.

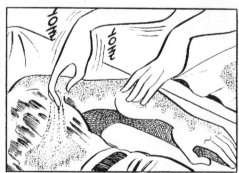

146

자, 이걸 마셔…

껴억 꺽

너무해, 뼛가루를 먹이다니…

아, 아줌마, 어째서 뼛가루를 먹이는 거죠? 애가 불쌍하잖아요.

쓰… 쓸데없는 참견 마.

사람 뼈를 빻은 가루를 화상에 발라주면 낫게 되고…

마시면 죽지 않아.

그, 그건 미신이에요!

바보 같은 소리 마. 이렇게 해서 살아난 사람이 있으니까.

너도 마셔봐. 병에 걸리지 않게.

나… 난 괜찮아요. 기분 나빠요!

너 좋으라고 말해줬는데 싫거든 가거라.

비록 미신이라 해도 이 애가 화상이 낫고 기운만 차리면 되잖아.

147

저 사람도 하고 있네.

괴상한 일이 유행하고 있구나…

다들 어떻게 해 볼 수 있는 뾰족한 방법이 없으니…

도대체 누가 이런 소문을 퍼뜨렸담?

부―웅

B29다!

저공비행하고 있네. 전쟁은 아직도 계속되고 있나 보다.

부―웅

야, 나쁜 놈아― 뭐 하러 왔냐!

히로시마엔 이제 폭탄 떨어뜨릴 곳도 없다~~~

빌어먹을 놈들아, 네놈들은 시체만 즐비한 히로시마를 보고 즐기는 거야 뭐야!

양키놈들, 내려왓. 내가 자지가죽을 벗겨주마, 똥통들아.

우리 아빠랑 누나랑 신지 돌려줘~~~

우리 집 돌려줘——

나쁜 놈들아 —나쁜 놈들아.

헉헉

빌어먹을, 빌어먹을, 빌어먹을,

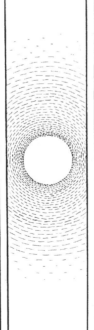

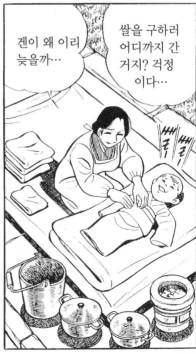

겐이 왜 이리 늦을까…

쌀을 구하러 어디까지 간 거지? 걱정 이다…

게…
겐!

이히히히 엄마, 다녀
왔어요! 쌀을 얻어
왔어요.

널 얼마나 걱정했다
고. 이틀이나 안 돌
아왔잖니.

……
……

어, 엄
마~아~

우아―앙―
나 너무 힘들었어요.
쌀 구하는 게 얼마나
힘들던지…

게…
겐…

고…고마워.
겐, 수고했다.

겐!

웨… 웬일이냐? 이 머리… 훌렁 벗겨졌잖아.

홀쩍, 모르는 새 벗겨졌어요…

너, 몸은 아픈 데 없어? 안 아파?

괘…괜찮아요. 아무렇지도 않아요.

정…정말이지? 거짓말하면 못써!

저, 정말이야. 난 아무렇지도 않아.

와락

겐, 부탁이야. 죽으면 안 돼. 너까지 죽으면 엄만 미치고 말 거야.

안 죽어. 난 절대 안 죽는다니까.

근데 어째서 이렇게 벗겨졌을까…?

그래, 좋은 약 받은 게 있지.

이걸 마시면 병들지 않는대.

어서 마셔.

으…응.

꿀꺽.

뭐야? 이상한 맛이네. 이 약…

서…설마!?

어…엄마, 아까 약 뼛가루 아냐…?

그럼, 알고 있구나!

으윽

웩웩, 엄마까지 미신을 믿는 거야! 바보—— 엄마 바보야——

미신이면 어때. 병 들지 않으면…

건강하던 사람들이 갑자기 머리가 벗겨지고 설사하고 죽어가니까 걱정되잖니.

엄만 미신이라도 믿고 싶은 심정이야. 알겠니?

…… ……

미…미안해요. 엄마 마음도 모르고…

휘유— 근데 기분이 이상해.

엄마, 아기는?

친절한 아줌마한테 젖을 얻어먹고 잘 자고 있단다.

이히히히, 이놈아 걱정했잖아.

이히히히, 잘됐다. 잘됐어.

겐, 배고프지? 가져온 쌀로 밥을 해서 먹자꾸나.

그래요.

엄마, 살림도구는 언제 갖춘 거야?

화재가 난 델 뒤져서 찾아왔단다.

자, 먹어. 반찬은 소금뿐이지만… 참아라.

응… 엄마도 많이 먹고 젖이 나오게 해요.

괴─ 굉장하네. 새하얀 쌀로 된 밥이야.

꿈만 같아. 이런 밥을 먹게 되다니…

맛있다～ 머리가 찌릿찌릿할 지경이야.

아까우니까 한 알씩 머─억자.

엄마, 신지랑 에이코 누나도 이런 밥 먹었으면 좋을 텐데…

그… 그래…

우아———앙, 형이 내가 찾은 쌀알 빼앗았다～～～

난 쌀밥만 먹을 수 있다면 죽어도 한이 없겠다…

……
……

훌쩍.

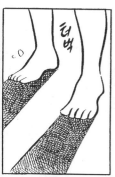

으악?!

아아?

어어?

시, 신지!

시…신지,
너 살아
있었니!?

히죽.

시,
신지!

신지, 어디
가니!

내…내가 꿈을 꾸고 있는 걸까…
틀림없이 저 앤 신지야…

겐, 빨리 데려와.

쟤가 까불면서 쌀 들고 도망가는 것 봐.

기다려— 신지야!

얏호, 저놈이 역시 살아 있었어.

임마, 살아 있었네. 살아 있었어!

야— 신지야, 기다려—

헉헉

……… ………

이런 방공호에 숨다니…

신지야, 나와!

어딨니, 신지야?

숨바꼭질은 내일 하자. 까불지 말고 나와!

끄으 으.

까무라 쳤어?

까무라 친 것 같아…

불 켜.

끈질긴 놈이야!
여기까지 쫓아
오다니.

야— 먹을 걸 가져왔다.
새하얀 쌀이야.

야호—
신난다.

이놈은
어떡하
지?

어디 구멍에다
묻어버려!

어험, 모두 쉬~엇.

에~ 오늘은 이렇게 새하얀 쌀을 빼앗아 왔습니다~~~

모두 기대 하시라~~ 개봉박두!

류타 식량대장님, 언제나 수고가 많— 으십니다~아~~

우린 매우 기쁩니다. 낄낄낄~

대장님께서 식량을 훔치는 그 솜씨에 우린 언제나 탄복하고 있습니다~아~~ 낄낄낄.

어험!

그럼 류타 대장 님께 다시 한번 경의를 표하며

경례~엣.

수고 수고.

그러~엄, 모두 배가 고플 테니

지금부터 쌀을 나누겠다― 기대하시라.

와― 와―

신난다. 쌀이다. 쌀이야.

깡 깡

자아, 나란히, 나란히.

드그그그극

이…이것뿐이야? 너무 적어.

바보야, 몽땅 먹어버리면 내일부턴 먹을 게 떨어지잖아!

에헤헤헤, 그렇지, 류타.

또독 또독

알지? 다들 자알―씹어서 먹어.

뱃속에서 잘 부풀어오르도록 말야.

예예.

오독 오독

에헤헤헤, 쌀은 언제 먹어도 맛있다아―

정말이야.

오독 오독

야— 앗, 도토리 정찰대가 돌아왔다.

도토리, 뭐 좀 찾아냈어?

암, 당연히 찾아냈지.

다들, 기뻐하라구. 왔다아 왔어어~ 주먹밥이 왔어.

뭐야? 진짜야?

우와, 만만세~

야—호, 생쌀은 나중에 먹고 다들 가자.

깍찡은 바구니 들어.

락꼬는 냄비.

네네.

응차.

다들 준비 됐나?

전투준비 완료!

부르릉 부르르릉

돌격~ 적을 놓치지 마.

얏

이야─
이야─

으으
으…

앗, 여…
여긴?

그래… 내가 신지를
쫓아서 여기 왔다가
얻어맞았지.

엇?

에잇, 신지 이 녀석은
고생해서 얻어온 쌀 -
을… 아깝지도 않나?

얘는 어딜
갔지?

신지야~
신지야~

어디
있어?
나와~

165

부인회 협력으로 주먹밥을 가져왔다.

나눠줄 테니 모두 모이시오—

주먹밥이 왔다—

저거다.

에라, 빨리 안 가면 없어지겠다.

뛰엇!

야—

이야—

자, 아줌마, 힘내세요.

감사합니다.

아저씨, 우리 집은 일곱 식구예요. 많이 주세요.

우린 열 식구야.

나도 열 명이야. 빨리 줘요.

오냐오냐, 많이 먹고 힘내거라.

낄낄낄낄, 됐다, 됐어. 순쌀 주먹밥이다.

류타, 난 너무 기뻐서 눈물이 나올 것 같애.

이 주먹밥은 구운 거라서 금방 상하진 않을 거야.

부인회 아줌마들은 머리 한번 잘 돌아 가시네…

아저씨, 다음엔 언제 와요?

이제 쌀이 떨어져 못 올 것 같다만… 힘내야 한다.

큰일이다. 이거 잘 간수해서 아껴먹자.

그러자, 그러자, '그럽시다' 떡집 아저씨, '그럽시다' 떡 먹고 목이 막혀 죽었다네. 아이, 불쌍도 하지, 우리 동네서 장례 치러줄까? 아이, '그럽시다' '그럽시다'

자, 빨리 돌아가서 먹자아.

그래, 그래.

손잡고 고구마 먹고 방귀 뀌면서 들판을 걷노라면 붉은 꽃이 노란 꽃 되어버려 '요놈들' 성냈다~

우리는 귀염둥이 꼬맹이, 참새가 되어서 노래부르면 푸른 하늘도 방귀 뀐다네~ 뿌우웅 둥당당~

앗! 엇? 헉!

168

시… 신지야.

체—엣, 저놈 쌀도 빼앗기고 되게 얻어 맞아서 우리한테 덤벼들 거야… 다들 전투 배치로 섯!

알았어.

아뿔싸, 저놈이 깨어났네!

일찌감치 구덩이에 묻어버릴걸.

야— 신지 이 녀석. 이제야 잡았다.

우악, 온다~

도토리, 자지 깨물어!

알았어.

신페이, 넌 다리야.

알았어.

깍찡, 엉덩이 깨물어!

알았어.

락꾜는 손!

다들 봐줄 것 없어. 걱정마.

신지야—

끄아아—

공포의 자지깨물기다!

169

우아악~~
너희들 뭐 하는
거야? 그만둬!

시끄럿. 우릴
깔보면 용서
안 해.

그래.

끼아
악~

아파아—그
만둬, 그만둬,
그만둬.

이놈, 정말
집요한 놈이네.
죽어라.

으~
악~

으으
으…

시~ 신지야,
어… 어째서
날 때려?

나… 날 잊었어?
난 네 형 겐이야.
신지야~~

너, 내가 쌀 훔쳤다고
때리려는 거 아냐?…

넌 뭔가 잘못 알고 있는 거야. 신지야, 엄마가 기다리고 있으니까 빨리 돌아가자.

까불지 마. 왜 자꾸 신지 신지 부르는 거야!

난 신지가 아냐.

난 류타야. 곤노오 류타.

내겐 너 같은 형이 없어.

거… 거짓말.

거짓말이야, 거짓말이야. 넌 신지야.

너, 날 놀리는 거지?

신지, 너 용케 살아 있었구나. 잘했어, 잘했어.

끄으으, 놔— 놔—

이… 이놈 미치광이잖아. 기분 나쁘게…

미친 건 너야. 그때 화재로 충격을 받아서 돈 거야. 기억을 잊었나 봐.

호흐흑, 신지야, 정신 좀 차려.

멍~허엉

에헤헤, 저놈이 울기 시작했네.

신지야, 너랑 나랑 구걸도 하고 판소리도 했잖아… 제발 기억을 더듬어 봐…

시끄럿. 내겐 아빠 엄마밖에 없어.

너 같은 놈 몰라.

우… 우리 엄마 아빠…

어… 엄마 아빠…

류타,
뭐 하니?

쉬잇—
엄마 아빠, 매미
가 있어. 조용히
해요…

퍄팟

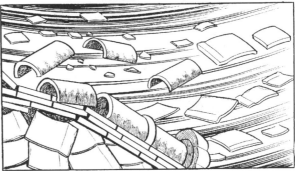

으으
으…

으으으…
엄마—
아빠—

우앗~~~
아빠가…

아빠—
아빠—

류…
류타…
류타…

으악!

으악—
어~
엄마—

으으윽~ 류, 류타, 넌 안
다쳤니. 잘됐구나, 잘됐어.

으악— 집에
불이 붙었어요.
도망쳐요~

으으윽~ 어~엄만
다리가 잘려서 이제
움직일 수 없어…

류타, 너 혼자라도 달아나야 해. 알았지?

우아앙— 싫어— 싫어—

자, 빨리 도망쳐. 너만이라도 살아야 해.

우아~앙, 우아~앙, 싫어—

바보야.

사내녀석이 왜 이래. 자, 빨리 뛰어.

흑흑 흑…

자, 어서 달아나.

우아—앙, 엄마—아, 엄마—아—

난 엄마도 아빠도 친척도 다 죽고 혼자야. 이젠 내가 신지가 아니란 걸 알았지!

여기 있는 애들은 다 고아들이야.

……
……

아빠—아,
엄마—아,
누나—아,
혀—엉—

우리 식구도 다
깔려 죽었어.

나도 그래.

됐지? 난 신지가 아냐.
더이상 악착같이 따라
오지 마! 알았어?

······
······

우린 모두 힘을 모아
살아갈 거니까 방해
하지 말란 말야…

다들
가자.

훌쩍
훌쩍

훌쩍
훌쩍

왜들 그래? 어쨌다구!
다들 힘내자. 노래
불러.

좋아아—ㅣ

손잡고 고구마 먹고 방귀 뀌
면서 들판을 걷노라면 붉은
꽃이 노란 꽃 되어버려
'요놈들' 성냈다~

우리는 귀염둥이 꼬맹이, 참새가
되어서 노래부르면 푸른 하늘도
방귀 뀐다네~♪
　뿌우~웅 둥당당~

……
……

호호
흑…

아…
아냐!

아냐―
아냐―
아냐―

아냐―

으아~~~앙
저 앤 신지야!
신지야~~~

177

…그래, 그 앤 신지가 아니었구나. 류타라는…

이 세상에 꼭 닮은 사람이 다섯이 있다더니 그 앤 정말 신지랑 똑같았는데…

겐, 유감이지만 신지는 틀림없이 죽었어. 이젠 단념하고 힘을 내자.

싫어요. 난 단념 못해.

그 앤 틀림없이 신지야. 두고 봐. 신지란 걸 인정하게 만들 테니…

가엾게도. 신지라고 철썩같이 믿고 있구나. 이를 어쩐담…

겐, 언제까지고 이렇게 있을 수 없지 않겠니?

에바에 아는 사람이 있으니까 거기로 가자.

친척이야?

엄마 친구집이야.

엄마나 아빠네 친척들은 히로시마에 살고 있었으니 아마 다 죽었을 거야…

고오지하고 아키라는 돌아오지 않고… 우리가 살던 집터에 팻말을 세워놓고 에바로 가자꾸나…

고오지형
아키라형
겐하고 엄마는
에바에 있음

엄마, 나 팻말 만들 나무 찾아올게.

그래, 부탁한다…

……
……

179

……

박…
박씨
아저씨
다!

우와,
아저
씨—

아저씨,
아버지는
찾으셨어
요?

아저씨,
뭘 만드는
거죠?

아저씨…

아앗,

눈초리가 무서워.
왜… 왜 저러지?
박씨 아저씨…

탕탕탕

아…아
저씨…

가까이
오지마!

히익ー

왜 그래요, 아저씨?

난 일본사람이 싫어. 일본사람이!

무슨 일로 화내시는 거예요? 아버지는 찾았어요?

찾았어…

죽었어요…?

살해당했다…

살… 살해당해요?

아버지를 조선사람이라고 죽였단다!

왜… 왜요?

……
……

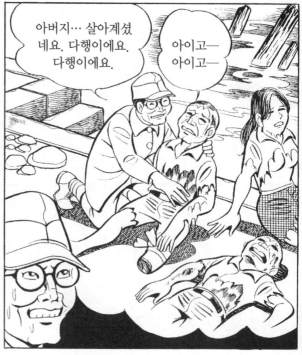

아버지… 살아계셨네요. 다행이에요. 다행이에요.

아이고— 아이고—

부…분해. 너무 분해…

아버지, 정신 차리세요. 구호소로 가서 치료 받읍시다.

으으 으…

아버지, 제발 죽지만 마세요!

으으…

우우 우…

군의관님, 부탁입니다. 아버지 상처 좀 치료해 주십시오.

아이 고—

조선인 아냐?

벌써 다섯 시간이나 기다렸습니다. 치료 해주십시오.

조선인 볼 시간은 없어. 뒤로 가. 뒤로!

그… 그런.

군의관님, 우린 조선에서 강제로 끌려 와서 일본을 위해 전쟁터에서 싸웠고… 일본을 위해 죽도록 일했는데 왜 치료를 안 해주는 겁니까!

시끄러!

조선인보다 일본인을
살리는 게 우선이야.
게다가 약도 없어.
잔소리 마.

……
……

으으윽, 상처를
치료받는 데서도
조선인은 차별
받아야 하다
니…!

으으
윽…

아… 아버님,
힘드시죠? 제발
정신차리
세요.

세상에,
딴 구호소로
가봐요.

구호소 사망자 명단

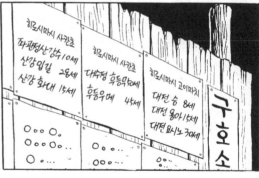

히로시마시 사켄쵸
좌판병산1강쵸 10세
산강입길 28세
산강 화내 15세

○ ○ ○ ○ ·
○ ○ ○ ○ ·
○ · ○ ·…

히로시마시 사켄쵸
대학정 후동무5예
후등우메 45세

○ · ○ ○ ·
○○○·…

히로시마시 고이마치
대전 승 8세
대전 용아15세
대전 요시노30세

○ · ○ ·
○○○·…

구호소

부탁입니다.
아버질 살려
주십시오.

조선
인인
가?

제발 아버지를 치료해주십시오.

알았어. 알았어. 있다 봐줄 테니.

이 바쁜 경황 중에 조선인까지 볼 수 있나!

......
......

으으윽... 역시 여기도 안 봐주는구나...

하악 하악 하악 하악

아... 아버지이~~

툭

아버지이~~

나...난 돌아가실 때 돌아가시더라도 치료라도 받게 해서 인간답게 마지막을 맞게 해드리고 싶었는데...

우리 조선사람들을 얼마나 박대해야 속이 시원한 거야?

......
......

그것만이 아니지.
조선인 시체는 거들떠
보지도 않고 그냥
내버려두고…

우… 우린 인간도 아닌
거야. 난 죽어도 잊을 수
없어. 우리를 박대한
일본인들을…

……
……

아버님 시체만이라도
인간답게 관에 모셔
화장해드릴 거야…

그래서
관을 만
들고 있
었던 거
군요.

탕탕탕탕

……
……

……
……

쓱ㅡ쓱
쓱ㅡ쓱

쓱ㅡ쓱
쓱ㅡ쓱

겐, 미안하구나. 심사가 뒤틀려 있어서 애꿎은 너만 욕먹고… 네겐 아무런 죄가 없는데…

괜찮아요. 아저씨가 욕하는 것도 당연해요.

아저씨, 우리가 어른이 되면 조선인들을 차별하지 않을 거예요!

아저씨, 힘내세요.

오냐, 오냐.

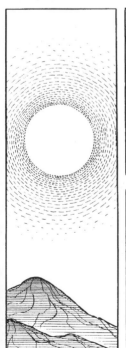

아버님, 조선의 고향으로 돌아가셔서 편히 잠드세요.

……
……

빠
지
직

빠
지
직

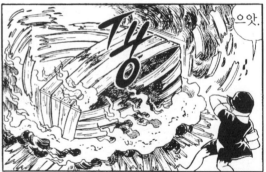

으앗.

관 속의 공기
가 열로 부풀
어서 터졌네.

아아~

ㄱㄱㄱ

으악~ 시체가 일어서고 있어! 사람을 화장하는 것도 생선 굽는 것과 마찬가지구나!

아, 아버님… 이승에 미련이 남으십니까… 오죽하시겠어요. 살아 생전에 조선에 돌아갈 날만 애타게 기다리셨는데…

흐흐흑
흑흑흑

……
……

류타,
저놈
봐.

조센징하고 있는데, 뭘 하고 있는 거지? 놀려줄까…?

죠센 죠센 까불지 마라. 같은 밥 먹고 같은 똥 싸는데 어디가 다르냐? 신발 끝이 좀 다르지롱…

…… ……

야, 뭐 굽고 있어? 고구마라도 굽는 거야? 내게도 줘.

저 저 놈이…

…… ……

우앗―

바보 녀석.

끄악―

이, 이놈아, 무슨 짓이야?

신지야, 아빠 말씀 잊었어?

조선사람을 모욕하는 소릴 하면 안 된다.

일본의 전쟁지도자들이 국민에게 전쟁을 시키기 위해서 조선사람이나 중국사람은 우매한 민족이니까 이길 수 있다고 거짓말을 퍼뜨린 거야.

너희는 속아선 안 돼. 오히려 조선인이나 중국인과는 친하게 지내야 한다.

신지, 너 다시 한번 조선사람 놀리면 가만 안 둘 테야. 이 바보야.

신지야, 알았어?

에잇, 난 신지가 아냐, 류타라구. 잠꼬대하지 마.

끄악.

저…저 앤 신지? 살아 있었구나.

저 앤 신지가 아니라고 하지만, 난 신지라고 믿고 있어요.

음, 똑같이 생겼어. 그때 죽은 게 틀림없는데 놀랍구나.

신지―
에이코―
여보―

아줌마, 빨리 가요.

겐, 아버지랑 형제들 뼈는 찾았니?

……
……

빨리 꺼내줘야 한다. 땅 밑에 파묻혀서 아프다고 울고 계실 거야.

아저씨, 그만둬요～ 신지도 에이코 누나도 아빠도 살아 있어요.

살아 있다구요～

게…
겐…

아저씬
바보야～～

겐… 내가
잘못했다.

누구든 살아
있다고 믿고
싶을 텐데…

겐, 우리 서로
강하게 살자.
다부지게 말
야…

난… 난 강해질
거야… 두고 봐…

……

하아
하아

아저씨 말이
옳아…

아빠랑 형제들
뼈를 찾아보자.

뼈만 나오면 신지가
죽었는지도 확인할
수 있을 거야.

유골을 찾으러
집으로 가보자…

영차―

버려진 달구진데 아직 쓸만하군. 다행이야.

자, 짐도 다 실었고…

에바에만 가면 어떻게 되겠지…

……

겐, 우리 에바의 하야시네 집으로 간다고

고오지랑 아키라에게 알리는 팻말은 세워놨니?

아직요.

얼른 하고 에바로 가자.

으… 응.

겐, 양동이 들고 뭐해?

유골을 가져올게요…

유골을…?

누구 유골을…?!

말하나마나 뻔한 거 아
네요! 아빠랑 누나, 그
리고 신지 유골이죠.

뭐,
뭐라구?

과…
관둬.

아빠랑 애들 유골은
없어. 신지랑 모두
살아 있어.

그렇잖니,
겐…

이상하네요. 신지랑 벌써
죽었으니 이제 단념하라
고 한 건 엄마였는데.

싫어…
싫어.

엄만 싫어. 아빠랑
애들 뼈를 보는
거…

저, 정말로 죽었다고 인정하는
거… 살아 있다는 기대마저
사라지는 게 겁나.

어…
엄마.

겐… 유골을 찾는
건 나중에 하자
꾸나.

시…싫어요! 아빠랑 정말 죽었
다면 땅속에 계속 파묻혀서 아프
다고 울고 있을 테니까요.

얼른 꺼내주지
않으면 불쌍
하잖아요.

내가
꺼내줄
거야.

게…겐,
그만둬.

난 류타란 애가 신지가 아니란 걸
확실히 하고 싶어요. 계속 쓸데없는
기대만 하게 되잖아요!

게…
겐…

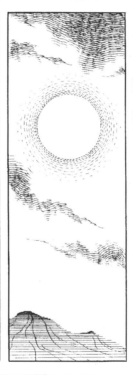

……
……

여긴데…
우리 집이.

아빠가 쓰시던 그림도구들이 열로 이렇게 찌그러졌네…

여기다… 아빠랑 누나랑 신지가 깔린 곳이…

여…여기 땅 밑에…

……
……

혀엉— 뜨거워~~ 빨리 여기서 빼내 줘~~

우우욱… 괴로워~

겐, 빨리 가라니까. 불길에 휩싸이고 있어.

겐, 강해져야 돼. 굳세게 살아야 한다.

아, 알았어요. 도망갈게요!

우우욱, 당신~~

으앙— 형, 도망갈 거지? 비겁해.

형, 군함 띄우기로 약속했잖아! 나도 데려가 줘~~~~

혀엉, 빨리 여기서 빼내줘~~

신지… 안 돼. 기둥이 무거워서 꼼짝도 안 해!

신지야, 네 군함 찾았어! 자, 이거 잘 갖고 있어.

어어엉~

형아, 내 군함 냇가에 띄우면 빨리 달릴까?

그럼, 잘 달리지. 신지 군함이 일본에서 제일 빠를 거야.

괴로워, 엄마—아…

겐, 뭐해? 엄마 데리고 빨리 갓.

콰릉

형—

……
……

에, 에잇!

나오지 마, 제발 뼈는 나오지 마!

뼈만 안 나오면 신지랑은 살아 있는 거야.

나오지 마, 뼈만은 제발 나오지 마.

앗!

내… 내가 신지한테 준 군함이야…

하아 하아, 난…더 이상 못 파겠어…

뼈… 뼈가 나올 까 봐 겁이 나…

하아 하아, 빌…빌어먹을, 빌어먹을.

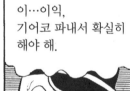

이…이익, 기어코 파내서 확실히 해야 해.

빌어 먹을.

히一악

나, 나왔어. 결국은 나왔어…

이…이… 이것이 신 진가…

…… ……

비… 빌어…

허억!

이… 이건 크니까 아빠야.

이… 이건 에이코 누난 가 봐.

우와──형아, 메뚜기가 많이 있다──

겐, 밭까지 달리기 시합 하자──

겐, 넌 밟으면 밟을수록 더 강해지는 억센 보리가 돼야 해.

으으윽.

제… 제길 주— 죽었어. 신지도 누나도 아빠도 틀림없이 죽었어…

살아 있지 않아. 살아 있지 않다구…

이런 해골이 되다니…

고오지형, 아키라형, 겐하고 엄마는 에바의 하야시네 집으로 감

덜그럭 덜그럭

덜그럭 덜그럭

204

야, 괴짜녀석아, 나를 잘도
때렸겠다. 그 빚을 갚아
주겠다.

야! 서랏. 겁이
나서 달아나는
거냐.

다들 놓치
지 말고
쳐라.

이놈이 류타를
때렸단 말이
지?

우리 식량대장을 때리면 복수가 뒤따르는 거야. 명심해.

이놈.

요놈.

……
……

야… 어때 분하면 덤벼 봐.

멍텅구리, 대머리야— 다신 쓸데없는 소리하지 마— 알았지!

……
……

저놈, 바보 아냐?

쳇, 별것도 아닌 놈이네.

얻어맞고 아프지도 않나?

쳇, 뭐야. 날 보고 신지 신지하고 야단일 땐 언제고 돌아보지도 않네.

웃기지도 않아.

… 겐, 이제 사라졌구나…

이걸로 … 살아 있을 거라는 믿음이 깨끗이 사라졌어…

언젠가는 알게 될 일이었지만… 언젠가는…

이제 할 수 없잖아. 기운을 내서. 에바로 가자.

엄마는 이 아래 두고 온 게 있으니까 가져올게…

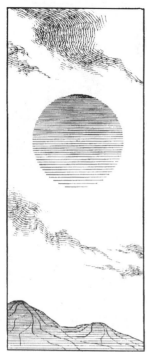

．．．．．
．．．．．

엄마가 늦으시네. 뭐 하고 계시지…!?

앗?

흐으흑…
흐으흑…
흑흑흑…

흐으흑
흑흑흑
흑흑흑

어…
엄마.

흐흐흑 여보,
나도 죽고
싶어요.

살고 싶지 않아요.
이제… 어떡하면
좋아요…

흐흐흑
흑흑흑

엄마—아, 용서하세요.
내가 유골을 파내서 잘못
했어요— 엄마— 죽지
말아요~~~

게…
겐…

겐,

엄마,
엄마.

209

흐으흑
흑흑흑

흑흑흑
흑흑흑

게… 겐 엄만 죽지 않아. 너희를 내버려두고는 절대 안 죽어.

아빠가 그렇게 신신당부 하셨는데.

여보, 잘 들어. 당신에겐 엄마로서 해야 할 일이 아직 남았어. 시골 간 아키라하고 훈련병으로 간 고오지, 그리고 뱃속의 아이를 키워야 해.

훌쩍

겐, 엄마가 약한 소리해서 미안하구나.

자, 에바로 가자.

가슴아픈 기억이 떠오르는 이곳에서 조금이라도 멀어지자꾸나.

자, 기운 내렴.

으…응. 엄마도요…

겐, 괜찮니?

이 정도는 식은 죽 먹기예요.

에바로 가서 새로 시작하는 거야. 마음 강하게 먹고…

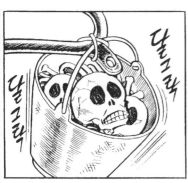

아빠, 누나, 신지, 이제부터 언제까지나 우리랑 같이 있어. 에바로 함께 데려갈게.

우린 힘차게 살 거야.

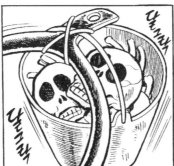

뼈가 달그락거려서 아빠랑 다들 우는 것 같아.

저 녀석, 신지랑 식구들 유골을 파내서 기운이 없었구나…

미안하게 됐네.

으… 응…

…근데 저 녀석은 좋겠다. 엄마가 살아 계셔서…

엄마, 에바는 배가 많네요.

그럼, 어촌이니까.

찾아갈 하야시네 집은 아직 멀었어요?

이제 얼마 안 남았어…

엄마하고 하야시네 아줌마는 어떻게 친구가 된 거죠?

아줌마하곤 집도 가까웠고 학교도 같았어. 그래서 어렸을 적부터 같이 놀았지.

저기 봐, 겐. 산꼭대기에 기상관측소가 있지? 그 밑에 있는 집이란다.

이곳은 폭풍에도 유리가 깨지고 집이 기울어지기만 해서 다행이네요.

그래, 화재가 안 나서 다행이구나.

기, 기미에

나카오카한테 시집간 기미에 아냐?

너… 너 무사했구나.

기요…

걱정했어. 히로시마가 몽땅 타버리고 처참한 상황이라고 해서…

기요, 미안하지만 우릴 좀 도와줄 수 없겠니?

무슨 소릴 하니? 부담 갖지 말고 언제까지라도 있으려므나.

기요, 고… 고마워.

겐, 인사해라.

처음 뵙겠습니다.

그래, 잘 왔다.

기미에, 남편하고 애들은?

……

……

……

기… 기미에…

……

……

네가 얼마나 힘들었겠니? 그래도 기운내.

고… 고마워, 기요.

자, 얘기는 나중에 하고… 안으로 들어가 푹 쉬어.

215

시어머님하고… 아들 다추오하고 딸 다케코야.

어머님, 제 친구 기미에 예요. 당분간 여기서 살도록 허락해주세요.

이렇게 염치 불구하고 찾아와서 죄송합니다. 부디 잘 부탁드립니다.

기요, 이 집은 여인숙이 아니다.

어… 어머님.

아범이 전쟁터에서 돌아올 때까지 이 집을 잘 지켜야지.

남들이 들어와서 집을 더럽히면 아범이 돌아와서 어떻게 생각하겠니?

친구가 어려운 처지
인데 도와줘야
하잖아요.

흥, 좋도
록 해.

······
······

······
······

기미에, 기분 나쁘게 생
각 마. 시어머니가 좀
꼬장꼬장해서 그래.

기요야…
우리가 폐
를 끼치게
됐구나.

다추오, 다케코, 오늘부터
너희들하고 친구가 될 겐
이야. 사이좋게 지내야
한다.

으…
응.

애, 선물은
가져왔니?

선물
…?

남의 집에 오면서
선물도 안 가져오
다니, 예의가
없구나!

이런 바보녀석 같으
니, 겐네 집이 몽땅
타버렸는데 그런
소릴 해!

쳇, 선물도
없는 건 별
볼일 없는
거잖아.

······
······

기… 기미에, 미안해. 있다
버릇을 고쳐놓을 테니
속상해 하지 마.

자아, 시장하지? 밥을 지어올게. 여기서 푹 쉬고 있어.

고마워, 기요.

······
······

엄마, 우린 불청객 이네.

으… 응.

그래도 우린 갈 데가 없으니 당분간 여기서 지낼 수밖에.

은혜는 나중에 꼭 갚고…

겐, 얼마 만이니? 이런 다다미 위에 앉아본 게…

다다미 냄새가 좋네요.

꿈만 같구나.

흥.

불조심

자, 별건 없어도 맛있게 먹어.

저… 잘 먹겠습니다.

겐, 먹으렴.

꿀꺽… 잘 먹겠습니다.

엄마, 어째서 오늘 내 밥이 적어?

내 것도 적어요.

모두 마찬가지야. 있다가 고구마 삶아줄게 참아.

싫어! 쌀밥 더 달란 말야.

쌀 모자란 거 알잖아.

싫어, 싫어.

이 사람들한테 밥을 주니까 우리 먹는 게 적어졌잖아.

내 밥 돌려줘.

……
……

……
……

버릇없는 녀석, 벌써 3학년이면서 아직도 철이 없어.

우아—앙, 엄마가 때렸다아—

기요, 왜 때리는 거냐? 다추오 말이 맞는데.

기요야, 이거 다추오한테 줘. 난 괜찮으니까.

미… 미안해. 불편하게 해서…

정말이지 우리 애들은 철이 없어. 신경 쓰지 말고 먹어.

미안해. 우리가 오는 바람에…

제길, 아니꼬운 눈으로 내 밥만 노려보네.

빨리 먹어 버려야지.

잘 먹었습니다.

으아~앙

다케코, 왜 그래?

으아~~앙, 저놈이 내 밥을 먹어버렸어~

다케코, 어지간히 해.

앙~~ 앙~~

......

......

......

......

엄마, 난 이 집이 싫어.

겐, 참아. 우리가 폐를 끼쳐서 그래…

무슨 일이 있어도 참아야 해. 약속하지? 겐

으응…

오오, 오냐 오냐, 배가 고프구나.

자, 먹어라.

미안하구나. 엄마 젖이 나오질 않아 쌀미음만 먹여서…

엄마, 아기에게 이름 지어 줘야죠?

그렇구나. 어떤 이름이 좋을까…

이 애만큼은 사람들 사랑을 잔뜩 받아서 행복했으면 좋겠는데…

친구들이 많이 생기도록 하잔 거지?

으—음.

엄마, 벗 우(友)자를 써서 도모코는 어때요. 그러면 벗들이 많이 생길 거예요.

도모코…

겐, 좋은 이름이다. 도모코로 하자.

네.

도모코야, 어서 커서 엄마를 도와다오.

에헤헤헤, 오늘부터 넌 나카오카 도모코란다.

내가 이름을 지었는데 좋은 이름이지? 마음에 들어?

도모코, 도모코, 어서어서 자라라.

야—호 야—호

겐, 너무 위로 들어올리지 마라.

자아, 난 기저귀 빨러 간다…

저것들, 자기 집처럼 설치고 있네.

아니꼽다, 오빠.

다케코야, 저것들이 오래 있으면 쌀이 바닥나서 우리 먹을 게 없어져.

오빠, 정말이야?

저것들 내쫓아야 해…

그래, 쫓아내자!

할머니…

아무리 에미 친구라지만 우리 식구 먹을 것도 부족한 판에 남 돌볼 여유가 어디 있냐! 빨리 쫓아내야 해.

다추오, 다케코, 할미가 허락하는 거니까 이 집에 더 있지 못하게 구박해도 돼.

으응.

맡겨요, 할머니.

씨익—

야!

왜 부르니?

너 남의 집 방안에 와서 무슨 모자야.

뿍

……
……

다케코야, 봐봐, 이 자식 홀렁 벗겨졌어. 되게 웃기네.

정말이다. 대머리네, 대머리야.

하나 하면 하찮은 대머리,
두울 하면 두꺼운 대머리,
세엣 하면 세수 안한
대머리.

네엣 하면
네네 순종
하는
대머리,

다섯 하면 다소곳
한 대머리, 여섯
하면 여름에 생긴
대머리,

일곱 하면 일찌감치 생긴
대머리, 여덟 하면 여드름
박힌 대머리, 아홉 하면
아비 닮은 대머리 있다~

열 하면 열
받아 홀렁
까져 미끈
해졌다
네~

하하하하

아하
하하

이 아기는
이름이 뭐지?

도…
도모
코야.

이리
줘봐.

아… 안 돼. 아직
갓난애라서…

흥, 얌체야. 이 애기
는 원숭이처럼 밉살
스럽게 생겼네.

……
……

제길, 재수 없는
소리하지 마,
우리 도모코한
테…

225

원숭이─
똥원숭이─
바보원숭이─

······
······

으애애애─

으애 으애

메─롱.

야··· 도모코
한테 무슨 짓
을 한 거야?

으애 으애 으애 으애

아무짓
도 안
했어.

으익.

제에길, 다릴
꼬집었지?!

오빠, 대머리가
화내니까 머리까지
빨개졌네.

하하하, 가관이
야, 더 화내봐,
화내봐!

이것들
아─

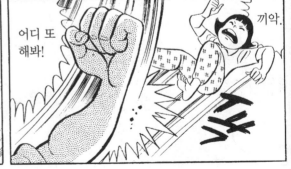

어디 또
해봐!

끼약

226

이런… 고얀 놈, 버르장머리없는 놈!

감히 우리 애들을 때려…

무릎 꿇고 빌엇.

싫어요. 나쁜 건 쟤네들이에요.

뭐라고 하는 거야! 남의 집에 와서 얹혀 사는 주제에.

빌어!

팽

윽

으으 윽

뭘 봐, 그런 눈으로. 빨리 사과햇.

꽉

겐, 무슨 일이야?

으으 으…

네 자식놈이 아주 못돼먹었구나. 다추오 다케코를 때리고도

사과를 안하고 저렇게 버티고 있다. 저런 앤 이 집에 둘 수가 없어.

겐, 빨리 사과드려.

싫어!

228

난 잘못한 거 없어요. 쟤네들이 도모코 다릴 꼬집고 날 놀렸단 말예요…

됐다. 사과해.

엄마, 왜 내가 사과해야 해?

나 잘못한 거 없어요!

바보야, 사과해.

사과하란 말야.

싫어!

어서 사과해.

겐, 엄마하고 약속했잖아. 어떤 일이 있어도 참겠다고…

으으윽

제발 겐을 용서해 주세요.

관둬. 겐 저 녀석이 사과를 안 하면 용서할 수 없어.

정말 잘못했어요. 용서해주세요.

에잇, 너한테 사과하라는 게 아냐.

……
……

겐, 제발 엄마 말 좀 들어.

으으으… 아… 알았어요, 엄마. 할게요.

미… 미안합니다. 제가 잘못했습니다. 용서해주십시오…

옳지, 처음 부터 그렇게 순순히 빌면 될 걸.

두 번 다시 다추오와 다케코를 괴롭히면 여기서 내쫓을 테다.

알았어? 이 대머 리야!

대~머리, 대~머리 창피하지 롱~

……
……

뚝

뚝

으으 윽

겐, 잘 참았다. 고마워.

네가 잘못하지 않았다는 거 엄만 다 알아.

우리 집이 원폭으로 불타버리지만 않았어도 이런 쓰라린 경험은 안 겪을 텐데… 남한테 신세지고 사는 건 못할 일이구나…

……
……

애들아, 잘했어. 더 구박해서 빨리 여기서 나가도록 해야 한다.

할머니, 알았어.

아까 맞은 앙갚음까지 다 해버려.

응.

겐은 세상의 매서운 바람을 한 모금 더 들이키면서 삶의 어려움을 체득해갔다…

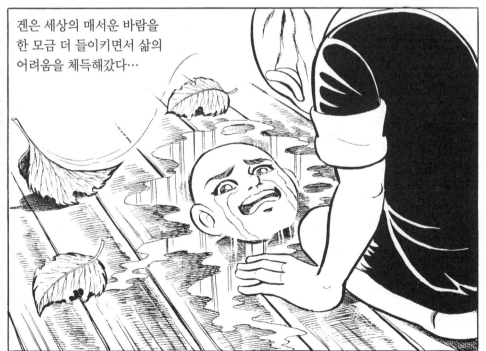

살금
살금

다케코야,
누가 오나
잘 봐.

응,
알았어.

덜거덕

북

솨르르솨르륵

다케코,
됐다.
빨리 왓.

응.

에헤헤헤,
오빠,
빨리 줘.

서두
르지
마!

이렇게 귀한 쌀을 훔쳐먹는 걸 들키면…

엄마랑 할머니한테 되게 혼날 거야. 절대 입밖에 내지 마.

다케코야, 쌀이 정말 맛있다.

맞아.

오빠아, 겐네 식구가 와서 우리가 먹을 게 줄어드니까 화가 나.

진짜 화나게 하는 놈이야.

응애애—
응애애—

도모코가 배고픈가 보구나. 기다려. 곧 미음을 쑤어줄 테니.

어이쿠, 도모코야, 빽빽거리지 말고 좀 참아.

겐이 니노시마에서 얻어온 쌀도 이제 조금밖에 안 남았구나… 도모코가 먹을 게 이것 밖에 없으니 아껴 써야겠다…

…… …… 겐, 도모코를 좀 봐줘.

염려 마세요.

흥, 가난한 우리 집 쌀은 태연히 먹고 자기네 쌀은 숨겨놓다니…

참으로 교활한 계집이군.

저놈들 어디서 쌀을 얻었는지 알아봐야겠어…

……

투덜 투덜

…이상하네.

무슨 일이냐?

어머님, 쌀이 줄어들었어요. 누가 가져갔을까요?

뭐… 뭐라구?!

알았다!

어멈아, 넌 돼먹지 않은 도둑고양이를 이 집에 들인 거야.

서… 설마… 기미에가…

내가 아까 보았어. 그 기미에가 쌀을 숨겨 놓은 곳을…

기요야, 도모코가 먹을 걸 만들려고 하는데, 솥을 좀 써도 되겠니?

그런 년은 용서 못해.

어… 어머님 무슨 사정이 있을 거예요.

그, 그래.

쌀이 있네…

얘야, 봤지? 원폭으로 몽땅 타버렸다는데 웬 쌀이 있겠니?

저것이 쌀을 훔친 거야.

…
…

……
……

저런 도둑고양인 이 집에 둘 수 없어. 내가 쫓아내겠다.

너, 그 쌀은 어디서 났느냐?

이건… 겐이 니노시마에서 얻어온 거예요.

이 쌀을 댁에 드리는 게 도리인 줄 알지만… 도모코가 먹을 게 필요해서… 용서해 주세요.

이렇게 신세진 은혜는 일을 해서 꼭 갚겠습니다. 지금은 당분간만 사정을 봐주시기 바랍니다…

흥, 도둑고양이가 능청스럽게 대꾸도 잘 하는군.

도… 도둑…?

네년이 이 집 쌀을 훔쳐낸 거지. 바른 대로 말해.

무… 무슨 말씀을???

이… 이 쌀은 훔친 게 아니에요.

닥쳐! 너 같은 도둑고양이는 경찰에 고발해야 해.

자, 경찰에 가자.

기… 기요야, 나는 훔치지 않았어.

기요야, 믿어줘.

…… ……

에잇, 도둑놈이 되려 배짱이라는 게 네년을 두고 하는 말이구나.

아악.

왜… 왜 이러세요…?

어… 엄마…

이 빌어먹을 할 망구~

끄윽.

우리 엄마를 왜 막무가내로 때려욧!

도둑고양이라 몰아부치기까지 하고.

이 쌀은 내가 이 손으로 받아온 거야. 믿지 못하거든 니노시마에 가서 물어봐.

시끄러, 버르장머리없는 새끼야. 모자지간에 뻔뻔스럽게 거짓말만 꾸며대고.

대체 무슨 증거로 우리가 훔쳤다고 하는 거야?

쌀이 아무 이유 없이 줄어든 게 증거야.

이 집엔 너희 말고 훔쳐먹을 사람이 없어.

자, 경찰에 가서 조사 받아 보자. 취조 받아야 해.

엄마, 훔치지도 않았는데 가지 마요!

겐, 엄마는 갈게. 가서 조사 받으면 훔치지 않은 게 명백히 밝혀질 거야.

흥, 정말 뻔뻔스런 계집이군.

겐, 도모코에게 미음 좀 먹여줘…

어… 엄마.

빨리 왓.

……

에헤헤헤, 다케코야, 재미있게 됐다.

할머니가 저것들을 들볶아 내쫓아야 할 텐데.

야— 쌀도둑아— 쌀도둑아

제… 제길 두고 봐.

에잇… 빌어먹을.

도모코야, 분하구나. 정말 분해.

얌전하게 생겼
는데 겉보기하
곤 딴판이네.

......
......

쑥덕
쑥덕

뭐야?

하야시네
할머니가 쌀도
둑을 잡았대요.

......
......

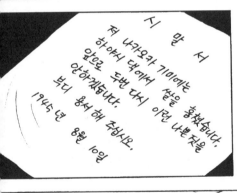

시말서

저 나가오카 기미에는
하야시 댁에서 쌀을 훔쳤습니다.
앞으로 두번 다시 이런 나쁜 짓을
안하겠습니다.
부디 용서해 주십시오.

1945년 8월 10일

자아, 빨리 시말서에
이름 쓰고 지장 찍어.

못해
요.

너도 지독하군. 하야시 할머니가
시말서만으로 크게 봐준다는데
어지간히 하고 말 들어.

훔치지도 않았는데 왜 죄를
인정하고 시말서까지 써야
하죠?

난 쌀을 훔치지 않았어요. 경찰은 왜 내가 훔쳤다고 하는 거죠? 조사해주세요.

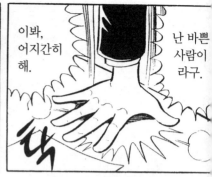

이봐, 어지간히 해.

난 바쁜 사람이라구.

여기 에바에는 도둑질하는 사람이 한 명도 없는데 너희같이 원폭으로 떠도는 사람들이 여기 온 뒤로 이곳에도 도둑이 마구잡이로 늘어났어.

난 훔치지 않았어요.

나리님, 이년을 감옥에 처넣어 주세요.

흐음.

이렇게 설명해도 못 알아들으면 감옥에 들어갈 수밖에 없어.

제가 감옥에 갈 이유는 없어요!

감옥에 들어가면 당분간 못 나와. 젖먹이랑 사내녀석이 있다면서? 네가 돌아오는 걸 기다리고 있을 텐데.

으아앙 으아 으아

으으

어서 시말서에 서명햇.

우욱… 겐, 분하지만 서명할 수밖에 없구나…

도모코랑 널 두고 감옥에 들어갈 순 없어…

그렇지, 이제 야 인정했네.

으으

나카오카

와들 와들

어

나카오카 기무에

할머니, 이걸로 됐습니 까?

감옥에 처넣어야 속이 시원하겠지만, 며느리 친구이고 하니 용서해 줘야죠.

이제 돌아가도 좋아. 두 번 다시 도둑질을 해선 안 돼.

……
……

ㅎㅎㅎ, 이 정도면 집을 나가겠지…

야—
도둑
놈—

도둑
놈—

덜덜   덜덜

뚝뚝

헉헉

……

엄마,

헉헉, 엄마, 뭐하고 있어요?

안 돌아와서 얼마나 찾았는지 몰라요.

어… 엄마… 왜 울어?

아… 아무 것도 아냐.

무슨 일이에요?

경찰에서 우리가 훔치지 않았다고 확실히 했죠?

……
……

겐, 저 비까동*은 죽어도 지옥… 살아나도 지옥이구나… 저 비까*만 아니었다면

내가 이런 쓰라리고 억울한 일을 당할 줄이야…

왜… 그래요?

*비까동, 비까:원폭의 속칭

243

······
······

바···
바보야.

바보야, 엄만 바보야— 왜 변명도 못하고 도둑 누명을 써요? 우린 쌀을 훔치지 않았잖아!

할 수 없었어. 너희들을 생각하면···

겐, 저 집엔 가지 말자. 어디 딴 데로 가자.

싫어— 엄마가 도둑이란 누명을 쓴 채 나가는 건 난 싫어요.

저 집으로 돌아가요. 도둑이 아니라는 걸 확실히 해야죠. 내가 범인을 찾아내겠어.

겐, 그냥 가자. 저 집에 돌아가는 게 엄만 싫구나.

엄만 바보야. 그냥 가만히 있을 거예요?

엄마, 돌아가요. 힘내요. 강해지란 말예요—

흐으 흑흑

우리 엄만 도둑놈이 아니야.

도둑놈이 아니라구—

돌아가야 해요. 돌아가자구요.

자장 자장 우리 아가

젠장, 뉘우칠 줄도 모르고 돌아왔군. 어처구니없는 도둑고양이야.

어멈아, 네가 딱 부러지게 나가라고 해.

친군데 제 입으로 어떻게 말해요.

흥, 네가 못하겠거든 내가 하마.

이봐… 도둑놈을 우리 집에 둘 순 없으니까 당장 나가.

…
…

도둑이 아니란 게 밝혀지면 나갈게요. 지금 당장 나가는 건 너무 비참해서…

넌 아직도 도둑이 아니라고 우기는 거냐? 아주 무서운 년이구나!

네

……
……

할 수 없네. 경찰에 부탁 하는 수밖에.

빠아ㅡ

빠아ㅡ

…

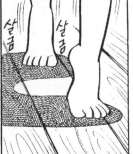

살금

살금

오빠, 아무도 없어.

그래, 잘 지켜.

에헤헤헤, 한 번 쌀 맛을 본 뒤로 그만둘 수가 없네.

다케코, 훔쳤다. 빨리 먹자!

응.

도둑이야, 도둑이야, 모두 나와요~~~

아악… 허… 허리가 삐어서 못 일어나겠어.

역시 너희들 짓이었구나.

앗!

헉!

야— 이 똥할망구야, 이놈들이 쌀도둑이야.

이걸로 우리들이 쌀을 훔치지 않았다는 게 분명해졌지?

아야야…

247

다추오, 다케코…

어… 엄마, 미… 미안 해요…

이 할망구, 우리 엄마를 잘도 쌀도 둑으로 몰았겠다. 어서 사과해.

빨리 사과해. 경찰에 가서 조사 받기 전에.

시끄러. 네놈들이 이 집에 오지 않았다면 이런 일도 일어나지 않았어. 사과할 사람은 네놈들이야.

뭐라고… 이 똥할망 구가!

무… 무슨 짓이야!

아무 죄도 없는 우리 엄마를 고발한 주제에.

겐, 그만둬.

노… 놓 으세요, 엄마.

겐, 우리가 도둑이 아니었다는 게 확실 해졌으니까 이제 됐어.

할머니 말마따나 우리가 이 집에 안 왔던들 이런 일도 안 일어났을 거야. 원망하면 안 돼.

……
……

겐, 엄마가 도둑이 아니라는 게 명백해졌으니 기분 좋게 이 집에서 나갈 수 있게 됐구나. 고맙다.

으으 으-

기요야, 잘 있어. 폐 끼쳐서 미안해…

기, 기미에, 미… 미 안해.

쏴아―

쏴아―

비야 비야, 오너라. 엄마가 우산 쓰고 마중 와주니 난 기뻐요. 잘박 잘박 절벅 절벅 랄랄라~

……

……

…겐

왜요?

와락

흑흑흑, 겐, 고맙다. 엄만 네 마음씀씀이가 너무 고맙구나… 용서해. 쓸쓸한 기억을 갖게 해서…

엄마, 울지 마… 나도 울고 싶잖아.

우아〜〜앙 엄마, 울지 마.

흐으흑 흑흑흑

우아〜〜앙 우아〜〜앙

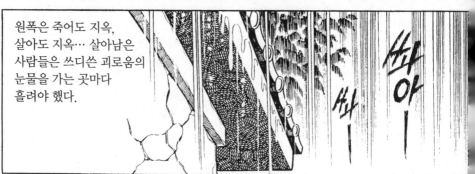

원폭은 죽어도 지옥, 살아도 지옥… 살아남은 사람들은 쓰디쓴 괴로움의 눈물을 가는 곳마다 흘려야 했다.

▷ 3권에 계속…